조정래 대하소설

아리랑

청소년판

조정래 대하소설

아리랑

청소년판

4

[제2부 민족혼]

조호상 엮음 | 백남원 그림

해냄

미래의 나침반이며 등불

흔히 학생들이 싫어하는 공부에 꼽히는 것이 수학 다음에 역사다. '연대 외우느라고 머리에 쥐가 난다'는 게 그 이유다. 주입식 암기 교육이 저지른 병폐다. 그건 잘못된 일본식 교육의 잔재인 것이다.

역사교육은 '연대 외우기'가 아니라 '그 흐름의 이해'여야 한다. 이야기로서의 역사 흐름을 이해하게 되면 연대는 부차적으로 기억하게 된다. 그런데 시험문제를 연대 암기식으로 내니 학생들이 역사 공부에 진저리를 칠 수밖에 없다.

또한 역사에 대한 일반적 인식도 문제다. 흔히 역사란 '과거'라고 생각한다. 그것은 '시간'만을 한정해서 생각한 아주 잘못된 인식이다. 시간의 흐름이란 한 줄기로 계속 이어져 흐르는 물의 흐름과 같고, 우리 인간들의 생명의 흐름도 그와 다를 게 없다. 따라서 나는 아버지로부터 왔고, 아버지는 할아버지로부터 왔다는 이 쉽고 평범한 사실을 명심하는 것, 그것이 역사 인식의 기본이다. 그러므로 어제는 오늘의 아버지이고, 내일은 오늘의 아들인 것이다. 이 필연적 연속성에 의해 역사는 '지나가 버린 과거'가 아니고 '살아 있는 현재'이며 '다가올 미래'인 것이다. 그래서 역사는 오늘의 좌표를 설정하는 교훈이고, 문제 해결의 방법을 알려 주는 열쇠가 된다. 또한 역사는 미래를 가리키는 나침반인 동시에 미래를 밝혀 주는 등불인 것이다.

우리 한반도는 강대국들 사이에 끼어 있는 작은 땅이다. 우리가 하필 이 작은 땅에 태어나, 살다가, 여기에 뼈를 묻어야 하는 건 우리의 힘으로는 어찌할 도리가 없는 우리의 운명이고 숙명이다. 이 작은 땅, 약한 나라라서 5천여 년 동안에 크고 작은 외침을 931번이나 당했고, 끝내는 일본에게 나라를 빼앗기는 굴욕을 당하고 말았다.

'과거를 기억하지 못하는 사람은 그 과거를 되풀이한다.' 철학자 조지 산타야나의 말이다. '역사를 망각하는 민족에게는 미래가 없다.' 독립투사 단재 신채호 선생의 말이다. 치욕스러운 역사일수록 똑똑하게 기억해야만 하는 이유가 거기에 있다. 그래서 나는 일제 강점기의 굴욕과 핍박과 저항을 『아리랑』에 썼다.

그런데 그 이야기가 너무 길어 공부도 벅찬 학생들에게 꽤나 부담이 될 것 같았다. 그래서 좀 가볍고 쉽게 읽을 수 있도록 '청소년판'을 새로 엮게 되었다. 아무쪼록 우리 민족의 역사를 이해하는 데 청소년 여러분들의 친근한 벗이 되기를 바란다.

광복 70년, 분단 70년에

조정래

차례

제2부 민족혼

1

대지진

밤마다 산줄기가 우르릉우르릉 울린다고 했다. 먼 데서 천둥이 구르는 것 같기도 하고, 몇 십 리 밖에서 큰 종이 울리는 것 같기도 하다는 그 소리는 수천 년 긴 잠을 자던 호랑이가 잠에서 깨어 으르렁거리는 소리라는 것이었다. 그 호랑이는 하늘의 정기를 품고 긴 잠을 자다가 무슨 압박으로 몸이 갑갑해지거나 어떤 상처를 입어 견딜 수 없으면 잠을 깨고 일어나 그 정기를 토한다고 했다.

그 정기가 모인 산은 백두산·묘향산·금강산·태백산·속리산·덕유산·지리산·한라산이고, 호랑이의 정기를 타고날 여덟 장수는 호랑이의 용맹으로 단숨에 왜놈들을 무찌른다는 것이었다.

여덟 개의 명산에서 호랑이장수들이 태어날 것이라는 소문은
사방팔방 퍼지지 않은 데가 없었다. 아이들은 그 이야기만 조잘
거리는 게 아니라 소리 맞춰 노래도 불렀다.

환생이야 환생이야
녹두장군 환생이야
여덟 장수 호랑이장수
천군만마 몰아오네
좌로 치고 우로 치고
왜놈들 씨 말리면
맺힌 한 풀어지고
설킨 한 삭아 들지

용맹한 장수가 태어날 거라는 이야기는 지방마다 줄거리가 조금씩 달랐지만, 하나같이 머지않아 전봉준 장군 같은 사람이 나타나 왜놈들을 몰아낼 거라는 내용이었다.

그런 소문이 떠도는 가운데 설이 지나고 보름이 다가왔다. 그러나 박건식은 차오르는 달을 올려다볼 때마다 시름만 깊어졌다.

"으흠, 흠, 자네 밥은 먹었능가?"

남상명이 인기척을 내며 사립을 들어서고 있었다.

"야아, 막 먹었구만이라."

대답하는 박건식의 속은 몹시 꼬이고 있었다. 저녁이라고 먹은 것은 밥이 아니라 죽이었다. 죽을 먹을 수밖에 없게 된 신세가 분하고도 한심했다.

"자네 달 차오르는 것 알제? 소리를 맞춰 봐야 허는디 어쩔라능가?"

남상명은 박건식을 따라 방으로 들어가며 용건을 털어놓았다.

"또 그 얘기다요? 아부지는 이 삼동에 땡땡 얼어 가면서 징역살이를 허시는디, 내가 미친놈도 아니고 무슨 신명 뻗쳤다고 징채를 잡겄소?"

박건식은 애써 감정을 눌렀다. 5년형을 받은 아버지를 생각하면 당장 의병이라도 일으키고 싶은 마음이었다.

"그려, 자네 말도 맞는디, 자네만 속이 터지는 것은 아니시. 자

14

네야 어르신 때문에 더 심허졌지만, 땅 뺏긴 사람들도 시방 다 속이 썩어 내려앉네. 그렇다고 명절에 풍악을 안 울릴 것이여? 속 터질수록 더 힘지게 풍악을 울려 기운을 차려야제. 그래야 또 한 해를 살아 내고, 뺏긴 땅도 찾을 것 아니겄어? 허고, 우리가 풍악도 안 울리고 굿판도 안 벌리고 찌그러 들어 보소. 왜놈들이 얼씨구나 헐 것이네. 자네 어르신도 요런 때일수록 풍악을 더 크게 울려야 헌다고 생각허실 것이네. 내 말이 틀린가?"

"남 샌 말이 맞으요. 니 징채를 잡어라."

샛문이 열리며 들려온 말이었다.

"아이고, 아짐씨가 거기 계셨구만이라?"

남상명이 몸을 일으켜 박건식의 어머니 대목댁에게 인사를 차렸다.

"아부지도 니가 징채 잡기를 바랄 것이여. 예전부터 나라에 우환이 생기면 풍악을 더 힘지게 울려서 사람들 맘을 뭉치게 허고 힘을 짱짱허니 돋구고 혔응게."

대목댁은 차분한 말로 아들을 구슬렸다.

"하먼이라. 건식이 이 사람 징소리가 어디 예사 징소리간디요? 힘지고 걸직허먼서도 서럽고 절절헌 것이야 세상이 다 아는 일 아니등게라?"

남상명은 박건식의 솜씨를 추어올렸다.

"쟈가 열서너 살 적부터 징채를 잡았다가 어른들헌티 얼마나 쥐어박혔소."

대목댁이 은근히 아들 자랑을 했다.

"어떤가, 인제 맘 정했제?"

"모르겠소, 빌어먹을 놈의 세상."

박건식이 한숨을 쉬었다.

"되았네. 낼부터 한 사날 소리를 맞추세."

어느덧 정월 대보름이 열리고 있었다. 저녁밥을 서둘러 먹은 외리 사람들은 동쪽에서 번져 오는 연한 달빛을 밟으며 뒷산으로 발걸음을 재게 놀렸다.

해마다 그랬던 것처럼 펑퍼짐한 산마루에는 달집이 높직하게 솟아 있었다.

"달이 뜬다, 불붙여라아!"

달이 이마 끝을 살짝 내밀고 있었다. 장정 셋이 횃불을 높이 들고 달집으로 다가갔다.

달집에 불이 옮겨 붙었다.

"와아아—."

사람들의 함성이 울려 퍼졌다. 곧 달이 그 둥근 얼굴을 다 드러냈고, 달집도 꼭대기까지 온통 불길에 휩싸였다.

아이들은 들뛰기 시작하고, 불붙어 오르는 달집을 에워싼 사람들은 왁자하게 이야기꽃을 피웠다.

"자네들, 토지조사사업이 곧 시작된다는 소식 들었능가?"

"고것이 땅 뺏을라는 것 아닐랑가?"

"고것이야 안 되제. 임자가 다 있는디."

"총칼 들이대는데도 안 돼야? 누군 임자 아니라서 땅 뺏기고 작인 신세들 되았간디?"

"조상 대대로 여기서 산 것이 웬수여. 나라 안 뺏겼을 때는 온갖 세금으로 주리 틀리고, 왜놈들 세상이 되니 그놈들이 난장판을 만들고, 우린 실속은 하나 없이 고생만 헌당게."

네댓 남자가 달만 쳐다보았다.

이튿날 면사무소 직원이 순사를 앞세우고 마을에 나타났다. 그들은 다짜고짜 농악대를 찾았다. 점심을 먹고 나서 풍악판을 벌이려던 농악대는 그들 앞에 모일 수밖에 없었다.

"다들 똑똑히 들어라. 오늘부터 농악 울리는 것을 일체 금한다. 이 지시를 어기는 자들은 가차 없이 처벌한다. 알아듣겠나!"

일본 순사는 니뽄도를 홱 빼며 소리쳤다. 사람들은 묵묵히 서 있었다.

"왜 대답이 없나! 명령을 어기겠다는 건가?"

일본 순사의 말을 면직원이 통변했다. 긴 칼의 서슬에 놀란 몇 사람이 어물어물 대답했다.

"딴 놈들은 뭐야? 대답하지 않는 놈은 당장 목을 치고 말겠다."

눈을 부릅뜬 일본 순사는 다시 칼을 치켜들었다. 칼날이 햇빛을 되쏘며 번쩍거렸다.

"다시 묻는다. 알겠나!"

"야아……."

열대여섯 명이 마지못해 목소리를 맞추었다.

"좋아, 진작 그럴 것이지. 이따위 것들은 다 불 질러 버려!"

순사는 사람들이 메고 있는 북과 장구를 칼로 푹푹 찔러 댔다. 그 행동이 너무 갑작스러워 사람들은 멍하니 당할 수밖에 없었다.

순사와 면직원이 떠나고 나서야 사람들은 마루며 토방에 주저앉았다.

"나라 뺏고 땅 뺏고 인제 명절 놀음까지 뺏는구만. 아이고, 분해 못 살겠네."

한 사람이 찢어진 장구를 내동댕이쳤다.

"참말로, 이리 징허게 몰아대서야 숨이 막혀 어찌 살겄어?"

또 다른 사람이 한숨을 쉬었고 다른 사람들도 침통한 얼굴이었다.

"우리가 꽹매기 소리에 들뛰다가 발목을 접질리든, 장구 장단에 춤추다가 어깨가 어긋나든 즈그 놈들헌티 무슨 손해가 있다고 저럴게라? 우리 명절을 없앨라는 것일게라?"

박건식의 말이었다.

"학교에서 아그들헌티고, 우리헌티고 즈그놈들 말 억지로 가르치듯이 우리 명절을 못 쉐게 헐라는 것일 수도 있고, 사방 천지서 풍악 울리면서 조선 사람들이 한 덩어리로 얼크러지는 것을 막자는 것일지도 모르고……. 하여튼 무슨 야료가 있응게 더 두고 보드라고."

남상명이 먼 하늘로 눈길을 보내며 쓴 입맛을 다셨다.

그들은 모두 허탈감에 빠져 곰방대만 빨았다. 걸판진 풍악판을 벌여 마음을 모으려던 그들의 마음은 이제 니뿐도 칼날에 찢어진 북이고 장구일 뿐이었다.

사람들은 풍악 놀이가 가까운 마을에서 다 금지되었다는 것을 알았다. 그러나 거기에 신경 쓸 겨를이 없었다. 토지조사사업에 필요한 지주 대표를 뽑는 일이 시작되었기 때문이다.

백종두는 날마다 양반 지주들을 불러들였다. 토지조사위원회를 구성할 지주 대표인 지주총대를 뽑기 위해서였다.

백종두는 한 사람씩 만날 때마다 신경을 곤두세웠다. 토지조사사업은 총독부가 추진해 온 일 가운데 가장 핵심적인 일이었던 것이다.

백종두는 두 다리를 책상 위에 뻗은 채 지주 대표 후보자 명단을 뒤적이고 있었다.

그때 사무실 문이 쿵쿵쿵 울리더니 하시모토가 들어섰다.

"어서 오시오. 이것 때문에 골치 아파서……."

백종두는 서류를 흔들어 보였다.

"아, 그거…… 얼마나 정했소?"

하시모토는 웃음을 지었다.

"어제 두 명을 결정하긴 했는데, 이러다간 몇 달이 더 걸릴지 원."

백종두는 상을 찌푸리며 고개를 저었다.

"좀 늦어지는 거야 신경 쓸 것 없잖소? 신고서는 늦게 배부할수록 유리하니까."

백종두는 그만 비위가 상했다. 토지신고서를 기한 내에 제출하지 않으면 그 땅은 무조건 국유지로 편입하게 되어 있다는 것을 빤히 들여다보면서 알은체하는 하시모토의 꼴이 시건방져 보였던 것이다.

"꼭 그렇지도 않소. 여기 사람들은 산골 사람들하고는 달리 눈치가 빠르고 똑똑하단 말이오. 지난해에 국유지 조사로 논밭을 뺏긴 사람들을 많이 봐서 여기 사람들이 이번 일에 얼마나 관심을 쓰는지 알고 있잖소? 지주 대표 정하는 것이나, 신고서 배부하는 것이나 마냥 늦출 수는 없는 일이오. 섣부르게 했다간 큰 말썽이 일어날 테니까."

백종두는 하시모토의 콧대를 쥐어박는 기분으로 말했다.

"잘 알고 있소. 허나, 대일본 제국의 헌병과 경찰력이 막강하고, 백 면장님 같은 유능한 관리들이 있으니 염려할 게 있겠소? 이번에 농악 놀이를 금지시킨 결과를 보시오. 단 한 마을도 그 지시를 어긴 데가 없잖소? 전라도 평야 지대 사람들을 그렇게 무서워할 건 없소."

하시모토는 오히려 반격을 가했다. 백종두는 그만 피해 서야 한다고 생각했다.

"무서워하다니요? 일을 요령껏 해야 한다는 말이지요."

"그야 그렇고, 강원도에서 일본 측량 기사가 조선 사람들한테 맞아 죽었소. 그 일을 어떻게 생각하시오?"

하시모토의 말에 백종두는 마치 자신을 공박하는 것 같아 기분이 언짢았다.

"거기엔 주재소가 없었던가요? 그럴 리 없을 텐데……."

"주재소에서 살인자 70여 명을 체포했답니다."

"잘됐군요. 그런 못된 인종들은 다 사형시켜 버려야 해요. 측량 기사를 죽인 건 바로 총독부를 능멸하는 소행이 아니냔 말이오?"

백종두는 하시모토보다 더 화난 척 언성을 높였다.

"맞소, 그런 놈들을 일벌백계하지 않고선 이번 사업은 성공할 수 없소."

"그렇구말구요. 죽산면에서는 그런 사건이 절대 일어나지 않을 것이니 걱정 마세요."

"알고 있소. 백 면장이 거기 면장이었다면 그런 불상사가 일어 났겠소? 헌데, 본토로 건너간 아들은 치료가 잘되고 있소?"

하시모토는 일부러 백종두 아들의 안부를 물어 친밀감을 드러 냈다.

"아 예, 염려 덕분에 치료가 잘되고 있답니다."

백종두는 고개를 두 번 세 번 까딱거리는 일본식 인사를 하며 고마움을 나타냈다.

"난 그만 가 보겠소."

하시모토가 막 일어서는데 문이 콩콩콩 울리더니 김 참봉이 들어섰다. 밖으로 나가던 하시모토와 김 참봉의 눈이 마주쳤다.

순간 백종두는 당황했다. 김 참봉을 자기가 불렀다고 하시모토 가 오해할 수 있었다. 하시모토는 오래전부터 누구보다 땅 욕심 이 큰 김 참봉을 미워하고 있었다.

"아니, 김 참봉 아니시오. 연락헌 일이 없는디 어쩐 일이다요?"

백종두는 오해를 막으려고 서둘러 이렇게 말했다. 그러나 그건 조선말이었다.

"헹, 불청객이라 앉으란 말도 안 허기요?"

김 참봉은 두루마기 자락을 내치며 눈꼬리를 세웠다. 반말을 내던져야 하는 아전 출신에게 존대를 쓰는 것부터 그의 심사는 꼬이고 있었다.

"아니구만요. 일로 앉으시요."

백종두는 상대방의 양반 행투를 눈 아래로 깔아 보며 의자를 손짓했다.

"따질 것이 있소. 우리 동네 지주 대표로 이상건이를 뽑았다는디, 고것이 무슨 경우에 없는 짓이오? 대표 자격이 대체 뭐요?"

백종두는 이미 그 말이 나올 줄 알고 있었다.

"에…… 관청이 허는 일을 사사로이 발설허는 것은 법에 어긋나는 일이오. 허고, 이상건이란 양반이 지주 대표로 뽑혔다는 것도 잘못 안 것인디요."

백종두는 관청을 방패 삼아 능청스럽게 말했다.

"뭐, 뭣이여? 사사로이 발설을 못혀? 그러고, 이 귀로 똑똑히 들었는디도 잘못 알았다는 것은 또 무슨 소리여! 이, 이……."

양반 대접을 못 받은 김 참봉의 입에서 존대가 사라졌다. 그는 혀끝에 걸린 '이놈아'를 가까스로 참고 있었다.

"소리 지르지 마시오. 여기는 공무를 수행허는 관공서요."

백종두는 조심하라는 말을 이렇게 하며 상대방을 누르고는, "아직 후보를 여럿 놓고 심사허는 중잉게 누가 대표가 될지는 두고 봐야겄구만요." 하고 관리다운 책임회피를 하면서 상대방을 혼란에 빠뜨렸다.

"아니, 그런디 어째서 이상건이는 지가 대표라고 허는고……?"

김 참봉은 어리둥절해했다. 그는 대표가 될 욕심에 백종두가 판 함정에 빠져들고 있었다.

"그야 그 양반이 대표가 되고 싶어 그리 말헐 수도 있었지요."

백종두는 웃음까지 지으며 상대를 유인했다.

"그럼, 참말로 아직 안 정했소?"

김 참봉은 정색을 하며 함정으로 더 빠져들고 있었다.

"하먼이요. 이상건 그 양반이나 김 참봉 어른이나 다 후보로 올라 있구만요."

백종두는 상대방을 함정에 완전히 끌어들이려 '김 참봉 어른'이라고 깍듯이 호칭했다.

"어허 그것도 모르고 내가 실수했소."

김 참봉은 멋쩍게 웃으며 사과했다. 백종두는 마침내 목적을 이룬 것이 통쾌했다.

"아니구만요. 그것이 어디 실수간디요? 그런 말을 함부로 헌 사람 잘못이제라."

백종두는 상대방이 맘 놓고 덤빌 자리를 깔아 주고 있었다.

"그리 알아주니 고맙소. 근디 백 면장, 그 일이 말이오……."

앉음새를 고치며 다가앉듯 하는 김 참봉의 말투가 착 낮아지며 끈적거렸다.

"예, 말씀 편히 허시씨요. 여기서 허는 말이야 다 밀봉되는구만이라."

백종두는 돗자리에 방석까지 깔아 주고 있었다.

"그래서 살짝 허는 말인디, 재산으로 보나, 나이로 보나, 족보로 보나 이상건이를 나허고 비길 수 있소? 어찌 생각허시오?"

마침내 나올 말이 나온 것이었다. 백종두는 속으로 칼칼칼 웃어 댔다.

"그렇구만요. 대표야 이것저것 다 출중해야 헝게 우리도 신중허니 심사허고 있구만요."

"심사고 뭐고 헐 것 있소?"

김 참봉은 은밀한 웃음을 지어 보이며 귓속말을 하듯 했다.

"예, 참봉 어른 뜻 잘 알았구만요. 근디, 미리 소문나면 될 일도 안 되는디요?"

"그것이야 걱정헐 것 없소. 이상건이를 생각해서도 입 딱 봉허고 있을 것잉게."

백종두는 마침내 무릎을 쳤다. 이렇게 되면 김 참봉을 무덤에 묻은 것이나 마찬가지였다. 하시모토가 바라는 대로 김 참봉을 완전히 따돌릴 수 있게 된 것이다.

"그리 알고 얼른 가시는 것이 좋겄소. 곧 누가 오기로 돼 있응게요."

"알겠소. 면장만 믿고 있었소."

김 참봉은 두루마기 자락으로 바람을 일으키며 후적후적 밖으로 나갔다.

잠시 후, 엷은 옥색 비단 두루마기에 갓을 쓴 안종인이 들어와 인사했다.

"면장님, 갑자기 찾아와 공무 집행에 방해라도……."

"아니구만요. 여기 좌정허시지요."

백종두는 친절하게 자리를 권했다. 백종두는 어제 그를 면담해 본 결과 어느 정도 마음이 기울어 있었다. 안종인은 뼈대 가늘게 생긴 대로 심약한 데다가 나이까지 많아 땅 욕심을 부릴 것 같지 않았다.

"……소생에게 지주 대표를 맡겨 주시면 면장님 뜻대로 일을 잘해 내겄구만요."

"글쎄요…… 요번 일이 중대산디, 잘못허면 여기저기서 큰 미움 살 것인디요?"

백종두는 겁주듯 말하며 안종인을 빤히 보았다.

"나는 내 땅 말고는 욕심이 없응게 그런 일 안 일어날 것이오."

안종인의 말은 결연하기까지 했다.

"알겠소."

백종두가 대답했고, 두 사람은 마주 보며 환하게 웃었다.

"헌디…… 풍악 놀이는 어째서 금헌 것이오?"

안종인이 문득 생각난 듯 물었다.

"다 그럴 만헌 까닭이 있구만요."

"무슨 까닭인지…… 그 놀이가 농사에 퇴비만치 중헌 것 아니 겄소? 역대 상감들께오서 권장허신 뜻도 그러허고……."

"그것만 금헌 것이 아니오. 곧 그 고약한 소문이 퍼진 산마다 혈을 다 끊을 참이오."

"아니, 산마다 혈을 끊다니, 무슨 해괴헌 소리요?"

"아니오, 아니오. 내가 딴 말을 잘못했구만요. 하도 일이 많아 서……."

불쑥 비밀을 털어놓은 백종두는 다시 주워 담느라 정신이 없 었다.

한편, 하시모토는 말에 채찍질을 해 가며 만경 들판을 달리고 있었다. 하시모토는 요시다와 함께 징게 맹갱 들에서 이미 그 이 름이 짜하게 퍼져 있었다. 하시모토는 자기 이름이 요시다와 함 께 널리 알려진 것이 적이 흡족했다.

그러나 하시모토는 요시다를 비웃었다. 농장 조합 회의 때 요 시다는 회장 자리에 앉고 자신은 끝자리를 차지할 뿐이었다. 호 남평야에서 가장 큰 농장을 이룩한 오쿠라 재벌의 농장 지배인 요시다의 영향력은 대단했다. 호남선 철도를 군산으로 끌어들이려 한 것도 그였고, 강경과 군산을 잇는 군강선 철도를 가장 먼저 개통시킨 것도 그였다.

그러나 그는 거대 재벌의 영리한 하수인일 뿐이었다. 자신은 농장주이고 요시다보다 젊었다. 몇 년 안에 죽산면의 땅을 장악하게 되면, 그때쯤 요시다는 나이 때문에 밀려날 가능성이 컸다. 그러면 농장 조합의 회장 자리는 자신의 차지가 될 수도 있었다.

하시모토는 그 생각에 또 마음 들뜨며 큰길을 벗어나 어느 마을로 접어들었다. 그가 말고삐를 잡은 것은 큰 기와집 앞이었다.

히힝, 히히힝!

말이 긴 목을 내두르며 코를 불었다.

그 집에서 머슴이 허겁지겁 달려 나와 허리가 반으로 접히도록 절을 했다.

"주인마님이 기다리고 계싱마요."

하시모토는 조선말을 알아듣기라도 한 것처럼 고개를 끄덕이며 발길을 옮겼다.

사랑방 문이 열리며 얼굴을 내민 마님은 이동만이었다.

"어서 오십시오, 하시모토 상. 다리가 이 모양이라 멀리 못 나갔습니다."

유창한 일본말에 어울리도록 이동만은 일본 옷 차림을 하고 있었다.

"아 그럼요, 그럼요. 그 옷이 상한테 아주 잘 어울립니다."

뜻밖의 옷차림에 놀라면서도 하시모토는 이렇게 말했다. 그러나 속으로는 '기와집에 앉아서 그 꼴 참 가관이로구나' 하며 비웃었다.

"약속한 대로 측량 학교에 길을 터놨소."

하시모토가 앉자마자 한 이 말은 용건의 결론이면서 이동만의 입을 열게 하는 열쇠였다.

"아, 과연 하시모토 상은 안 되는 일이 없군요."

이동만은 좋아서 입이 헤벌어졌다. 하시모토는 그런 이동만을 뚫어지게 쏘아보고 있었다. 아들을 전주 측량 학교에 넣게 된 기쁨에 취해 있던 이동만은 하시모토의 매서운 눈길에 번쩍 정신이 들었다. 그 눈길은, 이젠 네 차례야, 하며 빨리 입을 열기를 독촉하고 있었다.

"에에…… 내가 하는 말이 요시다 상 귀에 들어가면 큰일 나오."

"몇 번씩이나 그 얘기요!"

하시모토가 싸늘하게 내쏘았다.

"요시다 상은 두 가지 계획을 짰어요. 첫째가 지주 대표들이 정해지면 포섭하는 것이고, 둘째는 지주 대표의 도장을 못 받은 사람을 미리 알아내 그 땅을 싸게 사들이는 것이오."

"그게 다요? 또 뭐 없소?"

"나한테 지시한 건 그것이 다요."

"포섭하다니, 어떻게 포섭한다는 거요?"

"그야 그때그때 사람 따라 하는 것 아니겠소?"

"사람 따라라……."

하시모토는 중얼거리며 눈길을 방바닥으로 깔았다.

"잘 알았소. 또 새 방법이 생기면 틀림없이 알려 줘야 하오."

"아, 그래야지요. 측량 학교에는 언제부터 다니게 되나요?"

"다음 달 초순부터요. 또 봅시다."

하시모토는 말을 천천히 몰며 생각했다. 요시다의 첫째 방법은 신통찮았지만, 둘째 방법은 자신이 미처 생각하지 못한 기발한 방법이었다. 이동만에게 먼저 손을 뻗친 것은 열 번 잘한 일이다 싶었다.

이동만은 어깨를 들썩이며 흐흐거리고 웃었다. 아들을 그 들어가기 어려운 측량 학교에 넣은 것이 기분 좋았고, 하시모토에게 세 번째 방법을 가르쳐 주지 않은 것 또한 통쾌했다.

하시모토와 뒷거래를 하긴 했지만 세 가지를 다 가르쳐 주는 것은 요시다를 너무 심하게 배신하는 것 같았다. 그래서 기한 내에 신고하지 않은 땅을 사들이되 매매한 날짜를 한두 달 전으로 앞당기는 세 번째 방법은 감추었던 것이다.

진달래 가지 끝에 꽃망울이 부풀어 오를 즈음, 죽산면 동네마다 지주총대들이 모습을 드러냈다. 그들은 집집마다 돌아다니면서 종이를 한 장씩 나누어 주느라 분주했다.

"근디 요것을 어떻게 적는 것잉게라?"

"아, 문서에 적으란 대로 따라 적으면 될 것 아니겄어?"

"허참, 어찌 이리 알아먹도 못헐 한문만 잔뜩 씌었다요?"

농부는 종이를 들여다보며 얼굴을 찡그렸다.

"글 모르는 것이야 당신 일이제 무슨 문서 타박이여? 당신 일잉게 알아서 혀."

지주총대들은 무슨 벼슬이라도 한 사람들 같았다. 토지조사 신고서를 받아 든 대부분의 농부들은 그들이 자기네 편이 아니라는 것을 금세 알아차렸다.

토지조사사업은 네 가지 목적이 있었다. 첫째, 총독부 소유의 땅을 최대한 확보하자는 것이었다. 둘째, 토지 소유자를 명백히 해 세금을 철저히 징수하자는 것이었다. 셋째, 조선 땅을 샅샅이 측량하여 정치·경제·군사적으로 완전히 장악하자는 것이었다. 넷째, 양반들의 재산을 보호해 주어 그들을 친일 세력으로 만들자는 것이었다.

첫째 목적을 달성하기 위해, 모든 신고서는 지주총대가 확인한 다음 일일이 서명날인해 조사국에 제출하게 했다. 그 과정에서 신고서에 기록된 땅의 소유권이 의심스럽거나 허위이거나 타인과 중복되면 서명날인을 하지 않도록 했다. 신고서에 서명날인이 안 된 땅은 무조건 국유지가 되는 것이고, 기한 안에 신고서를 제출하지 않은 땅도 국유지가 되도록 했다.

그 때문에 면사무소에서는 토지조사사업의 자세한 내용이 알려지는 것을 의도적으로 막았다. 지주총대들도 자기들 재산 보호나 이권 확보에만 급급해 그저 시키는 대로 할 뿐이었다. 어떤 면사무소에서는 일부러 마감 기일을 짧게 정해 신고서를 배부하기도 했다. 백종두가 바로 그런 작전을 구사하는 본보기였다.

토지조사 신고서는 땅을 가진 사람에게 빠짐없이 배부되었고, 그들은 동네 사랑방으로 모여들었다.

"김제 나갔다가 들은 얘기인디, 요번 조사가 우리들 땅 뺏자는 것이 틀림없드랑게."

"무슨 얘긴지 차근차근 혀 보소."

"내가 양반 둘이서 허는 얘기를 살짝 귀동냥혔는디, 무식헌 것들이 신고서를 잘못 써 내면 땅을 다 뺏기로 되아 있다고 허드란 말이여."

"그려? 나는 우리 처남헌티 들었는디, 지주총대가 신고서에 도장을 안 눌러 줘도 땅이 나라 것으로 넘어간다든디?"

"아니, 그 말이 참말이면 지주총대가 상감 아니라고!"

"어허 이 사람아, 세상이 달라졌응게 상감이 아니고 총독부시 총독부."

"상감이고 총독부고 다 소용없는 소리고, 당장 그 말이 참말인 지 알아봐야 되겄구마."

"그려, 지주총대라는 물건들이 우리 편이 아닌 것이야 첫새벽에 알았응게."

"근디, 지주총대가 신고서를 대신 써준다는 말은 무슨 소리 까?"

"그놈들을 어찌 믿어? 그놈들이 일부러 틀리게 적어 땅을 뺏기 게 만들지도 모르는디."

농부들은 이런 식으로 토지조사사업의 내막을 하나씩 알아내 고 있었다.

동네가 뒤숭숭한 가운데 이장들은 땅 가진 집을 돌아다니며 난데없이 돈을 걷기 시작했다.

"요것이 세금도 아니고 뜬금없이 무슨 돈을 내라고 그런다요?"

"이, 지주총대헌티 줄 보수를 추렴허는 것이오."

"허! 등치고 간 빼먹을라고 허네. 지주총대가 허는 일은 총독부 를 위허는 일인데 우리보고 돈을 내라니, 어허 참, 소가 웃겄소, 소가!"

어느 집에서고 이런 말썽이 일어나지 않은 집이 없었다.

총독부에서는 '지주총대는 주로 땅 주인을 위해 일하므로 땅 주인들은 지주총대에게 보수를 지급해야 한다'고 못 박고, 그 금액을 책정했다.

사람들은 그 부당함을 더 이상 따지지 못하고, 억지춘향으로 돈을 낼 수밖에 없었다.

신세호의 집에는 토지신고서를 작성하려는 사람들이 바삐 드나들었다. 신세호가 동네 사람들의 신고서를 작성해 주기 시작한 것은 지난날 서당을 다니던 한 아이의 아버지가 찾아와 사정을 한 데서 비롯되었다.

"제기 하늘 친 따 지도 모르는 무식쟁이라 어쩌겠는게라우? 지주총대를 찾아갈래도 콧대 높기가 하늘이고, 보수를 냈는데도 또 뒷손을 벌린다고 허둥마요. 게다가 그 사람이 제대로 안 적어 주면 논밭 다 날릴 판잉게 당최 믿을 수가 없구만이라우."

신세호는 그 간절한 부탁을 외면할 수 없었다.

한 사람의 신고서를 작성해 주자 동네 사람들이 잇따라 부탁해 왔다. 어느 정도 예상한 일이지만 신세호는 긴장하지 않을 수 없었다. 자칫 실수로 신고서를 잘못 작성해 그들이 피해를 입는 일이 생기면 큰일이었다.

그러던 어느 날, 나기조가 찾아들었다.

"자네가 어쩐 일인가? 거기 앉소."

신세호는 붓을 멈추며 나기조에게 싸늘한 눈길을 보냈다.

신고서 작성을 부탁하러 온 두 사람이 나기조의 눈치를 보며 쭈뼛거렸다.

"어허 참, 명필이구만이라. 양반 글을 그런 천헌 일에 써먹기는 아까운디요?"

나기조가 주저앉으며 노골적으로 시비를 걸었다. 그는 술 냄새를 풍기고 있었다.

"자네, 술 마셨능가! 술 마셨으면 가서 자소."

신세호의 목소리가 엄했다. 손에 들린 붓끝이 가늘게 떨렸다.

"아니, 따질 것이 있구만요. 지가 지주총대인 줄 아시는게라, 모르시는게라?"

고개를 삐딱하게 튼 나기조가 곧 대들 것처럼 신세호를 노려보았다.

"알고 있네!"

신세호는 붓을 벼루에 걸치며 싸늘하게 내쏘았다.

"그걸 알면서 어찌 요런 일에 차고 나서는게라?"

나기조는 신세호의 엄한 눈길 앞에서도 기세가 꺾이지 않고 따지고 들었다. 그건 이미 서리 출신의 중인이 양반을 대하는 태도가 아니었다.

"차고 나서다니! 어디서 그런 못된 말버르장머리인고!"

신세호는 허리를 곧추세우며 호령했다.

"총독부에서 지주총대헌티 명헌 일 중에 첫째가 무식헌 농사꾼들 신고서를 작성해 주라는 것이었는디, 새중간에서 남의 일을 차고 나서는 것이 잘허는 일인지 모르겠구만이라."

나기조는 총독부를 앞세워 신세호를 몰아세웠다.

"자네 말 잘했네. 농부들헌티 보수까지 받아먹으면서 뒤로 손을 내민 것 말고 자네가 한 일이 뭐가 있는가!"

신세호는 말을 좀 돌려서 할까 하다가 상대방의 약점을 정면으로 찔러 버렸다.

"그, 그 무슨 해괴헌 말씀이시오? 내가 뒷손을 내밀었다니, 꿈에도 그런 일 없소."

나기조는 당황한 듯 변명하더니, "옳아, 당신들이 그런 잡소리 까발린 것이제! 지주총대를 뭐로 보고 그런 짓거리들이여? 주재소에 끌려가 매운맛을 봐야 쓸랑갑네." 하고 만만한 두 사람을 물고 들었다. 신세호는 그 악랄함에 혐오감이 들었다.

"어허, 무슨 말을 그리 못되게 허나? 이 사람들은 그런 말 헌 적 없네. 자네가 이 사람들을 주재소로 끌려가게 만들면 내가 먼저 자네를 주재소로 밀어 넣겠네. 자네가 누구헌티 뒷돈을 받아먹었는지 다 알고 있으니."

"뭐, 뭣이라고라우? 저어, 뭣이냐……."

말을 더듬거리는 나기조의 안색이 싹 변하며 기세가 꺾였다.

신세호는 쓰게 웃었다. 저런 자들의 행투가 으레 그런 터라 넘겨짚은 것뿐이었다.

"자네가 잘 처신허면 나도 일을 시끄럽게 만들지는 않을 것이네. 허고 자네가 찾아왔으니 일러두는데, 총독부에서 신고서 작성을 꼭 지주총대가 맡으라고 못 박지는 않았네. 신고서를 누가 작성허든 아무 상관없는 것이야 자네가 더 잘 아는 일 아니라고?"

"……."

나기조는 아무 대꾸도 못하고 눈길을 떨구며 입술을 달싹거렸다.

"그만 물러가소."

신세호는 다시 붓을 들었다.

"헹, 가난뱅이 양반 꼴에 학식은 들었다고 입이야 잘 놀리네."

나기조는 고샅을 벗어나며 마음을 잔뜩 공글렸다. 신세호가 아무리 훼방을 놓아도 신고서에는 지주총대의 서명날인 난이 엄연히 자리 잡고 있었다. 신고서에 도장을 찍느냐 마느냐는 순전히 자기 마음이었다.

나기조는 주막 쪽으로 걸음을 옮기며 쓴 입맛을 다셨다.

"안녕허신게라우, 총대 어른."

농부 하나가 나기조에게 꾸벅 절을 했다. 나기조는 '총대 어른'이란 호칭이 썩 그럴듯하다고 생각했다.

"자네 오 서방 아니라고?"

마음이 흐뭇해진 나기조는 상대방에게 친근한 웃음을 지어 보였다.

"야아, 시방 총대 어른을 찾아다니던 길이었구만이라우."

오 서방은 이쪽저쪽 고샅을 살피며 낮은 소리로 말했다.

"무슨 일로 나를 찾아? 자네도 신세호나 찾아가지."

나기조의 대꾸는 차가웠다. 그는 상대방이 무슨 부탁을 하려는 것을 눈치채고 자신의 값을 올려야 한다고 순간적으로 판단했던 것이다.

"아니구만이라, 남들은 몰라도 지는 그 집 앞에 얼씬도 안 허는구만요."

오 서방은 고개를 내두르면서 또 주위를 빠르게 살폈다.

"헌디, 얘기허기가 마땅찮제?"

나기조도 좌우를 두리번거렸다.

"야아, 이따 밤에 집으로……."

"어이, 그리허소. 그것이 한갓지지."

나기조는 상대방의 말이 끝나기도 전에 자기 말을 해치웠다.

"그럼 이만 가 볼랑마요."

오 서방은 서둘러 돌아섰다.

나기조는 저절로 걸려든 고기를 바라보며 흐흐거렸다. 실속 없이 백종두의 심부름꾼으로만 놀아날 수는 없었다. 지주총대의 보수도 적지 않았지만 모처럼 잡은 기회에 한몫 챙겨야 했다. 도장만 틀어쥐고 있으면 그 일은 별로 어려운 게 아니었다.

나기조는 신세호에게 당한 언짢은 기분이 다소 풀리는 것 같았다. 벌써부터 밤이 기다려졌다. 남모르게 살짝살짝 받아먹는 뇌물 맛이란 그야말로 깨소금 맛이었다.

나기조는 술이 깨는 걸 느끼며 주막으로 발길을 서둘렀다. 주막에 가면 자신 같은 서리 출신 지주총대 한둘은 쉽게 만날 수 있고, 이런저런 소문을 듣기도 좋았다.

"아니, 고것이 무슨 소리여?"

나기조가 주막으로 들어서는데 술기운에 젖은 소리가 크게 울렸다.

"익산군에서 신고서에 도장을 안 눌러 준다고 지주총대를 괭이로 찍어 죽였단 말이시."

"저런 놈의 일이 있능가? 그래 그놈은 어찌 되았능고?"

"물으나 마나 그날로 총살해 부렸다네."

"그놈 총살한 것은 아주 잘헌 일이시. 그나저나 우리헌티는 영 재수 없는 소문이시."

"뭣이 재수 없어? 다 눈치 없이 헝게 그 꼴 당허제."

나기조는 그들의 말을 헤집고 들었다.

"이, 자네 오는가?"

"그나저나 우리도 눈치껏 잘해야 되겠구마."

한 남자가 눈을 껌벅이며 말했다.

"그려, 고창에서도 몰매 맞어 팔다리 분질러진 일이 생긴 지 며칠 됐드라고? 우리 면도 신고서 접수가 얼마 안 남었는디 살살 걱정이시."

다른 남자가 신중하게 말을 받았다.

"이 사람들아, 걱정도 팔자시. 다 지주총대라는 것들이 못나서 그런 일 당허는 것이여. 대가 짱짱허면 즈그들이 어디라고 덤벼? 찍혀 죽었든 맞어 죽있든 죽은 놈은 죽은 놈이고, 우리는 술이나 먹고 기운 차리세."

나기조는 주모가 가져온 술상을 끌어당기며 기세를 돋우었다.

한편, 토지신고서가 한창 접수되고 있는데 이동만은 의기소침해 있었다. 익산군에서 괭이에 찍혀 죽은 지주총대가 바로 그의 휘하였던 것이다.

"그게 도대체 어떻게 된 논인데 도장을 안 찍으려 했소?"

요시다는 몹시 언짢아하며 물었다.

"아, 예…… 그놈이 신고서에 적어 낸 논이 절반은 그놈 것이 아니었습지요. 그러니까 전주에 사는 부재지주 논을 제 것이라고 슬쩍 속여 적은 겁니다."

40

이동만은 변명하듯 말했다.

"그럼 그 논을 그놈이 소작 부치고 있었던 것이오?"

이동만은 그것까지는 모르는 일이었다. 그렇다고 모른다고 해서는 안 될 일이었다. 그는, 에라 모르겠다 하는 심정으로 얼른 대답했다.

"예, 소작 부치고 있었구만요."

"소작 부치는 논을 제 논이라고 적어낸 데는 무슨 까닭이 있을 텐데, 그게 뭐요?"

이동만은 예기치 못한 물음에 가슴이 뜨끔해졌다.

"예…… 그건 잘 모르겠는데요. 그 사람이 미처 알려 오지 않아서……."

이동만은 눈을 내리깔며 죽은 사람에게 책임을 떠넘기고 있었다.

"이 상은 맡은 일이 뭔지나 알고 있소! 바로 그런 말썽이 일어난 뒤를 재빠르게 캐는 것이오. 그 뒤를 캐면 까닭이 밝혀지게 마련이고, 상대방을 적당히 구슬려 땅을 사들이면 우리 편 총대 안 죽고 땅 차지하고, 일거양득 아니난 말이오?"

"예, 명심하겠습니다."

"다시 총대들에게 연락을 취하도록 하시오. 허고, 그 사람 장례는 언제요?"

"예, 이틀 남았구만요."

"장례에 얼굴 내밀지 마시오. 그 사람이 우리 편이라는 게 드러나 좋을 것 없으니까."

"예, 알겠습니다."

이동만은 고개 숙여 대답을 하면서도 가슴이 서늘해졌다. 장례 날을 묻기에 부조금이라도 좀 내놓으려나 생각했던 것이다.

마침내 죽산면에도 토지신고서 접수가 시작되었다. 그동안 진달래도 피었다 지고, 첫 순이 잘린 쑥도 새순을 키워 한 뼘 높이로 자라나 있었다. 그러나 논밭을 조금이라도 지닌 농부들은 꽃이 언제 피었다 졌는지 모르는 것은 말할 것도 없고, 부싯돌 불씨를 옮겨 붙일 쑥잎을 뜯어 말릴 겨를도 없을 지경이었다. 토지신고서를 틀림이 없이 작성해야 하는 어려움도 어려움이었지만, 신고서를 작성하고 나서도 행여 무엇이 잘못되어 땅을 뺏기는 게 아닐까 하는 불안감에 일손을 제대로 잡지 못했다.

신고서 접수가 시작되면서 백종두는 뱃가죽이 뻣뻣해지도록 긴장했다. 토지문제는 역시 쉬운 일이 아니었다. 일을 시작하기에 앞서 헌병과 경찰력을 동원해 위협을 가할 만큼 가했고, 지주총대를 가해하는 자들은 가차 없이 총살시키는데도 말썽은 끊임없이 일어났다.

사고 소식이 들려올 때마다 백종두는 불안했다. 자신의 면에서 그런 불상사가 일어나서는 목적을 이루기 어려울 뿐만 아니라, 면장에게 책임 추궁이 따를 위험도 있었다. 그는 자신이 도모한 일이 과하지 않나 되짚어 보고는 했다. 그러나 군수 자리를 따내기 위해서는 어쩔 수 없었다. 부윤은 못하더라도 군수는 해 먹어야 평생의 한이 풀릴 것 같았다.

그러나 한편으로 자신이 잘못 생각하고 있는 게 아닌가 하는 의구심이 들기도 했다. 이번 토지조사를 통해서 천석꾼 못 되는 면장은 바보고, 만석꾼 못 되는 군수는 불출이라는 말이 나돌았다. 그런데 자신은 다른 면에 지주총대 몇을 심었을 뿐 정작 자신의 발밑에 있는 죽산면은 송두리째 하시모토에게 내주고 있었다. 군수 자리 대신 땅을 포기하는 것이 과연 잘하는 일인지 자꾸 곱씹혔다.

찌르르릉.

백종두는 제풀에 놀라 수화기를 얼른 집었다.

"아, 모시모시(아, 여보세요)."

"아, 면장이시오? 나 주재소장이오."

다급하고 거칠게 쏟아지는 소리에 백종두는 오만상을 찌푸렸다.

"어참, 귀청 뚫어지겠소. 나 면장이오."

백종두는 궐련갑을 끌어당겼다.

"태평스런 소리 하지 마시오. 어떤 놈이 지주총대를 찔러 죽였단 말이오."

"뭐, 뭐라고요? 거, 거기가 어디요?"

전화기에서는 아무 대꾸가 없었다.

다급하면 주재소로 오라는 듯 전화는 이미 끊겨 있었다. 백종두는 얼떨결에 의자에서 벌떡 일어났다가 도로 주저앉았다.

그는 성질 사납게 성냥을 그어 대며 담배에 불을 붙이고는 소리를 질렀다.

"여봐라, 거기 문 주사 들어오라고 혀!"

"면장님 나으리, 대령했구만요."

키가 껑충한 사내가 손을 모아 잡고 백종두의 눈치를 살폈다.

"문 주사, 어떤 놈이 지주총대를 찔러 죽였응게 얼른 주재소에 가 봐."

"야아? 그 총대가 누군디요?"

"정신 차려! 가서 알아보고 오라는디, 어디다 대고 넋 나간 소리여 시방?"

백종두는 삿대질을 하며 악을 썼고, 문 주사는 혼비백산 면장실을 뛰쳐나갔다.

주재소장은 백종두보다 더 몸이 달아 날뛰고 있었다. 지주총대를 찔러 죽인 범인을 아직 잡지 못한 때문이었다.

문 주사는 순사보에게 사건 내용을 들었다. 사건은 같은 땅을 두 사람이 신고해서 일어났다. 농토가 많은 양반 지주가 자기네 논 옆에 붙어 있는 남의 논을 자기네 논이라고 신고해 버린 것이었다. 양반 지주와 농부는 지주총대 앞에서 서로 자기 논이라고 팽팽하게 맞섰다. 농부는 자기네 할아버지 적에 개간한 논인데 무슨 소리냐며 펄펄 뛰었다. 그런데 양반 지주는 그 개간한 땅이 애초에 자기 집안 것인데 빌려 준 것뿐이니 이제 내놓아야 한다는 것이었다. 그런데 지주총대는 양반의 신고서에는 도장을 찍어 주고, 농부의 신고서에는 도장을 찍어 주지 않았다. 하루아침에 논을 잃은 농부는 양반 편을 든 지주총대를 찔러 죽였다.

"그 양반 지주가 대체 누구여?"

백종두는 눈꼬리를 세웠다.

"저어, 김 참봉이라고 허드만요."

"뭣이여, 김 참봉? 그 탐심 많은 위인이 결국 일 저질렀구만."

백종두는 김 참봉에게 괘씸함을 느끼는 동시에 지주총대에게는 배신감을 느꼈다. 김 참봉을 따돌리고 주가에게 지주총대를 맡긴 것은 그따위 짓이나 하라는 게 아니었다. 주가는 김 참봉에게 뒷돈을 받아먹은 게 틀림없었다. 백종두는 그런 의리 없고 속 검은 놈은 죽어서 싸다고 생각했다.

"근디, 도망간 놈은 잡을 가망이 있는겨 어쩐겨?"

"그것은 잘 몰르겄구만이라우."

백종두는 문 주사에게 그만 나가라고 손짓했다. 그는 자신의 책임이 주재소장에게로 떠넘겨진 쾌감을 맛보고 있었다. 그러나 마음이 개운치만은 않았다. 지주총대를 잘못 뽑은 책임이 약간 뒷전으로 밀리는 것일 뿐 말끔히 지워지는 것은 아니었다. 이 사건으로 하시모토에게 불신을 당할 수도 있었다.

그 생각을 하자 백종두는 초조해졌다. 어떻게 보면 양다리를 걸친 지주총대 주가 놈보다 더 얄밉고 괘씸한 물건이 김 참봉이었다.

"그놈이 그 논을 집어먹게 둘 수야 있간디? 그려, 그리허면 지 놈도 꼼지락 못허고 그 논을 못 먹게 되제. 힝, 지놈이 제아무리 꾀를 써도 나를 당헐 수야 없제. 흐흐흐흐……."

백종두는 스스로의 생각이 만족스러워 어깨를 들먹이며 음산하게 흐흐거렸다.

백종두는 지주총대를 새로 뽑아 김 참봉의 신고서를 다시 조사하게 할 생각이었다. 살인 사건이 일어나게 한 그전의 것은 무효화하고 재조사에서 지주총대가 도장을 찍지 않게 하는 것이었다. 그렇게 되면 김 참봉이 억지를 부릴 게 틀림없는데, 그때는 토지조사국에 가서 재심사를 받으라고 떠넘기면 그만이었다. 일단 지주총대가 도장을 찍지 않고 토지조사국으로 넘어온 땅은 재심사를 하나 마나 이쪽에서 차지할 수가 있고, 결국 김 참봉과는 얼굴 한 번 맞부딪치지 않고 그 논을 고스란히 하시모토 소유가 되게 할 수 있는 것이다.

백종두는 자신과 선이 이어져 있는 지주총대들을 밤에 소집했다. 또 다른 것들이 주가 놈처럼 양다리를 걸치고 있을지 모를 일이었다.

지주총대 모임에서 나온 나기조는 어둠 속을 더듬어 걸으며 줄곧 마음이 켕겼다. 백 면장의 독 오른 한마디 한마디가 꼭 자신을 두고 하는 말 같았던 것이다. 김 참봉에게 돈을 받아먹은 게 들통날 것 같아 고개를 바로 들 수가 없었다.

김 참봉은 돈을 주면서 '자네한테만 부탁하는 것이니 입을 봉하라'고 몇 번이나 다짐을 받았다. 그런데 주가한테도 똑같은 부탁을 했으니, 또 다른 누구한테 그랬는지 모를 일이었다.

나기조는 김 참봉에게 잡힌 뒷다리를 뺄 묘안이 떠오르지 않았다. 김 참봉이 원하는 일을 해 주려고 억지를 쓰다가 자신도 주가처럼 해를 입을 수도 있었다. 위험한 일은 미리 피하는 게 상책이었다.

"인제 오시오? 차 서방이 내내 기다리다 갔구만이라."

나기조가 마당으로 들어서자 아내가 방에서 나오며 말했다.

"발바닥만 닳지 소용없어."

나기조는 퉁명스럽게 내쏘았다.

"차 서방이 피가 마르든디, 인심 안 잃게 잘혀야 되겠드만이라."

"어허, 남정네가 허는 일에 여편네가 어찌 배 놔라 감 놔라여?"

나기조의 목소리에 성질이 묻어났다.

차 서방이 나기조를 또 찾아온 것은 이튿날 아침밥상을 물릴 즈음이었다.

"안녕허신게라우?"

차 서방이 주눅 든 몸짓으로 어물거리며 인사했다.

"어이, 어젯밤에도 왔드람서? 그리 왔다 갔다 헌다고 안 될 일이 되간디?"

상을 찌푸린 나기조는 첫마디부터 것지르고는 꺼억 트림을 했다.

"아이고, 무슨 말씀이 그리 매정허다요? 제발 도장 꾹 눌러 사람 좀 살려 주시게라우."

토방에 엉거주춤 선 차 서방은 울상이 되어 머리를 조아렸다.

"허, 내가 도장을 눌러 주고 싶어도 문서에는 자네 논이 아닌디 어쩌라는 것이여?"

나기조의 목소리가 커졌다. 부엌에서 얼굴을 삐쭉 내민 그의 아내가 성질을 내지 말라는 듯 눈짓 손짓 했지만 나기조는 보지 못하고 있었다.

"문서가 무슨 소용 있다요? 그 논이 우리 논인 것이야 세상이 다 아는디요."

차 서방은 더 울상이 되어 두껍고 큰 손을 맞비볐다.

"그놈의 소리, 더 들을 것 없응게 당장 돌아가소."

나기조는 곰방대 끝으로 사립 쪽을 가리켰다.

"문서만 앞세울 것이 아니라 사정을 알아야 쓸 것 아니다요? 우리 아부지가 그 논을 사들여 30년을 농사지으면서 온갖 잡세를 꼬박꼬박 바쳐 왔응게 그것이 문서보다 더 중헌 것이 아니고 뭣이당가요?"

"어허, 그야 무식헌 자네 생각이고 관청에서는 문서대로만 허는 것이여. 논을 사고팔았으면 그때 문서를 고칠 일이제 인제 와서 무슨 억지여, 억지가. 듣기 싫은게 그만 가소."

나기조는 확 돌아앉으며 쌈지를 펼쳤다.

"아이고, 억지가 아니구만요. 그것이 우리 아부지가 평생을 머슴살이……."

"어허 또 그놈의 소리, 우리 아부지가 평생 머슴살이허면서 못 먹고 못 입고 푼푼이 모아 그 논을 산 것이다. 근디 땅 주인 한가허고 우리 아부지는 친헌 사이라 문서를 고치지 않은 것이다. 그러다가 한가네가 어디로 이사를 가 지금껏 그냥 살아왔다. 요런 얘기 또 허잔 것이제?"

나기조는 차 서방을 보며 코웃음을 쳤다.

"잘 아시느만이라. 그렇게 도장을 눌러 주씨요."

울상이던 차 서방의 얼굴은 싸늘한 노기를 품고 있었다. 온 식구의 목숨이 걸린 문제인데 상대방은 자신을 놀리고 있었다.

"아니, 어디다 대고 그런 말버르장머리여? 도장을 받고 싶으면 그 한가를 찾아서 문서를 고쳐!"

나기조가 눈을 부라리며 소리쳤다.

"뭣이요! 누구 복장 터칠라고 그런 억지소리허고 앉었소 시방?"

차 서방도 눈을 부릅뜨며 맞소리를 질렀다.

"아니, 요런 무식헌 불쌍놈이 어디다 대고 소리를 질러!"

나기조가 벌떡 몸을 일으키는가 싶더니 철퍽 소리가 났다. 차 서방의 볼을 후려친 것이다.

"허! 맞소, 나는 무식헌 불쌍놈이오. 근디 무식헌 불쌍놈의 논을 뺏는 유식헌 사람은 더 나은 것이 뭣이 있소?"

"뭣이여, 이놈아!"

나기조는 또 팔을 휘둘렀다. 그러나 차 서방이 그 팔을 내쳤다.

"아니, 이놈 보소."

열이 치받친 나기조는 차 서방의 멱살을 틀어잡았고 또 얼굴을 후려쳤다.

"아니, 어째 자꾸 사람을 치고 이러요? 놓고 말로 허씨요, 말로."

차 서방은 나기조의 손을 떼어 내려 했다. 그러나 손은 쉽게 풀리지 않았다. 차 서방은 몸을 뒤로 확 젖히며 마당으로 뛰어내렸다. 그래도 나기조는 멱살을 놓지 않고 따라 내려오며 또 얼굴을 내갈겼다.

"이런 젠장, 내가 느그 집 개새끼여 뭣이여!"

화가 난 차 서방은 나기조의 가슴팍을 떠다밀었다. 나기조는 갑작스러운 공격에 뒤로 벌렁 넘어갔다. 뒤로 넘어간 나기조의 몸은 마루 모서리에 쿵 부딪치더니 무너져 내렸다.

"어!"

차 서방은 눈을 크게 떴다. 나기조의 퍼져 버린 몸은 움직임이 없었다. 차 서방은 덜컥 겁이 나서 한 발짝 앞으로 다가섰다.

그때 우물에 갔던 나기조의 아내가 물동이를 이고 사립을 들어섰다.

"워메, 무슨 일이여!"

여자의 목소리가 찢어졌다. 엉거주춤 서 있던 차 서방이 후딱 고개를 돌렸다.

"니놈이 사람을 해코지혔지야!"

여자의 비명 같은 외침과 물동이가 마당에 떨어져 깨지는 소리가 함께 울렸다.

"아닌디요, 나를, 나를 먼저 패서 그냥, 그냥 밀쳤는디……."

차 서방은 허둥지둥 옆걸음질을 치며 말을 더듬었다.

나기조의 아내는 남편에게 내달았고 그 틈에 차 서방은 사립을 벗어나 내뛰고 있었다.

"아이고, 차 서방 놈이 사람 죽였네. 사람 죽였어!"

여자의 외침이 고샅으로 울려 퍼졌다.

차 서방은 동네를 벗어나지 못하고 서너 명의 지주총대들에게 붙들렸다.

나기조는 죽지 않고 군산 병원으로 실려 갔다. 척추가 부러졌다는 진단이 나왔다.

"심보 사나운 나가야 그렇다 치고, 차 서방은 어찌 될랑고?"

"글쎄…… 차 서방 때문이라도 나가가 죽지 말고 살아야 되겠구마."

"나가가 살아나면 차 서방도 별일 없을랑가?"

"무사허기야 허겄능가? 죽는 것 면허고 징역살이만 해도 좋겄는디."

사람들은 하나같이 차 서방 편이었다. 논의 경계가 불확실하고, 논의 넓이가 부정확하듯이 논의 소유권도 서류와 일치하지 않는 경우는 얼마든지 있었다. 서로 믿는 사이일수록 논을 사고팔면서도 서류상의 소유권 이전은 중요시하지 않았다. 그건 무지와는 상관없이 인간관계에서 존중되는 미덕의 하나였다.

백종두는 주재소에서 또 사건이 터졌다는 전화를 받으며 앞이

캄캄해졌다.

"지주총대 허리가 부러졌다고요? 살았소, 죽었소?"

"아직 죽지 않고 군산 병원으로 실려 갔는데, 어찌 될지 모르겠소."

"그건 그렇고, 범인은 어찌 됐소?"

"현장에서 체포했소."

"아, 그것 참 잘됐소. 이번에도 도망을 갔더라면 어쩔 뻔했소."

"자아, 전화 끊겠소."

"아니, 아니. 그 범인은 어쩔 셈이오?"

백종두는 곧 상대방을 붙들고 늘어지듯 다급했다.

"일단 조사 중이오."

"조사고 뭐고, 당장 총살시키시오, 총살!"

저쪽에서는 아무 대꾸가 없었다. 이미 전화가 끊겨 있었다.

다음 날 점심 무렵이었다.

"민나 아쓰마레, 아쓰마레(다들 집합해, 집합)!"

"다들 모이란 말이여, 얼렁얼렁."

"아새끼들도 다 데리고 나와!"

고샅마다 고함 소리가 살벌하게 울렸다. 총을 꼬나 잡은 순사들은 곧 총을 쏠 것 같은 기세였고, 몽둥이를 들고 그 뒤를 따르는 면직원이나 지주총대들도 살기를 품고 있었다.

사람들은 영문을 모르고 집 밖으로 떠밀렸다. 겁에 질린 아이들도 어른들에게 손을 잡혀 고샅을 종종걸음 쳤다. 신세호도 사람들 사이에서 묵묵히 걷고 있었다. 사람들은 쉴 새 없는 고함소리에 밀려 당산나무 앞 넓은 길로 나섰다.

아름드리 당산나무는 언제나처럼 의연하고 듬직하게 솟아 있었다. 그 당산나무에 눈길을 보낸 사람들은 흠칫흠칫 놀랐다. 당산나무에 한 사람이 묶여 있었던 것이다.

"저것이 차 서방 아니라고?"

어느 눈 밝고 눈치 빠른 사람의 말이었다.

"그려……? 아이고, 일 터졌네!"

사람들은 마침내 모든 것을 알아차렸다.

"저쪽으로 둘러서, 저쪽으로!"

고함 소리는 계속 사람들을 몰아 댔고 사람들은 당산나무를 바라보고 반원 모양으로 섰다. 아이들까지도 찍소리가 없었다.

"에에, 다들 똑똑히 들어라. 저기 묶여 있는 차갑수는 어제 지주총대에게 폭행을 가해 치명상을 입혔다. 그 만행은 총독부가 추진하고 있는 토지조사사업을 악의적으로 방해하는 용서할 수 없는 범죄행위이다. 따라서 죄인 차갑수는 경찰령에 의하여 총살형에 처한다!"

니뽄도를 빼 든 주재소장의 외침이었다. 그 옆쪽으로 엄하고도

무서운 얼굴을 한 백종두가 버티고 서 있었다.

주재소장의 말이 끝나자 순사보가 검은 천으로 차 서방의 눈을 가렸다.

"아이고메, 득보 아부지이!"

한 여자가 숨넘어가게 외치며 앞으로 내달았다. 그 뒤를 두 아이가 울면서 따라갔다.

"득보야, 옥녀야아!"

몸이 묶인 차 서방이 몸부림을 쳤다.

"사겨억 준비!"

주재소장이 니뽄도를 치켜들며 외쳤다. 네 명의 순사가 일제히 총을 겨누었다.

"발사아!"

총소리가 진동했다. 차 서방의 몸이 불쑥 솟는가 싶더니 이내 축 늘어졌다. 그리고 왼쪽 가슴에서 시뻘건 피가 쏟아졌다.

주재소장과 순사들은 곧 떠났다. 그러나 동네 사람들은 흩어질 줄 몰랐다.

　"해필 당산나무에다가……."

　누군가가 중얼거리며 뿌드득 이빨을 갈았다.

2

광막한 땅

"자, 오늘이 무슨 날인 줄 아시오?"

송수익은 모여 앉은 사람들을 둘러보며 잔잔하게 웃음 지었다.

"저어, 대장님 생신 아닌게라우?"

배두성이 뚱하게 내놓은 말이었다.

"어허, 그 말을 그리도 못 고친가? 선생님이여, 선생님!"

지삼출이가 곧바로 면박을 주었다.

"사람이 저리 둔헝게 사흘거리로 필녀헌티 꼬집히면서 살제."

엇진 소리 잘하는 강기주가 얼른 말장단을 맞추며 키득 웃었다.

"아따, 나야 평생 선생님은 모신 일이 없고 대장님만 모셨응게 당연지사 아니당가요?"

배두성은 두꺼운 입술을 쑥 내밀었다.

"그려, 맘대로 대장님, 대장님 혀. 밀정놈 손에 죽으면서 우리 타박만 안 허면 된게."

강기주가 엇지르고 있었다.

"헤, 내가 미련허게 아무 데서나 그러간디? 대장님 앞서서만 살짝 그러는 것이제."

말대꾸에 지지 않는 배두성을 보며 사람들이 쿡쿡거렸다. 송수익도 빙긋이 웃고 있었다.

그들은 만주로 온 뒤로 송수익에 대한 호칭을 바꾸었다. 일본 밀정들이 숨어들어 은밀하게 활동하고 있는 형편에 농사꾼으로 행세하는 게 신변 보호나 투쟁을 은폐하는 데 좋았다.

"오늘이 바로 청명이고, 상투를 자르는 날이오."

송수익이 모두를 둘러보며 말했다.

"야아? 상투요……?"

"아이고메 상투를……."

그들은 하나같이 놀랐고, 서너 사람은 얼떨결에 상투를 잡기도 했다.

"진작에 상투들을 자르게 할까 했지만 날이 풀리기를 기다렸소. 그동안 나를 보면서 마음들을 작정하기도 하라고……."

송수익은 상투를 자른 자신의 머리를 쓸어 넘겼다.

"저…… 상투를 꼭 잘라야 허능게라우?"

김판술이가 어려워하며 말을 꺼냈다.

"우리는 이제 의병이 아니라 독립군으로 새롭게 시작해야 하는 거요. 모두 상투를 자르고 새 마음 새 뜻을 굳건히 하도록 합시다."

송수익의 말은 범접하기 어렵게 엄숙했다.

"야아, 알겄구만이라. 당장 자르겄구만요."

지삼출이 무슨 작전명령이라도 받듯 절도 있는 태도로 고개를 숙여 보였다.

"됐소. 다른 사람들도 다 작정이 되었소?"

송수익이 그들을 둘러보았다.

"야아……."

송수익의 눈길을 따라 그들은 빠르게 대답했다.

"그럼 가위가 있어야겄제? 삼동에는 이 드글드글허고 삼복에는 땀 찐득찐득헌 이놈의 상투를 서로서로 싹뚝싹뚝 잘라 내드라고. 그럼 머리가 얼마나 가뜬허고 시원허겄어?"

사람들의 미련을 쓸어 없애기라도 하려는 듯 지삼출이 자리를 털고 일어섰다.

"가위 여기 있소. 상투는 내가 잘라 주리다."

송수익이 조그만 나무 상자에서 가위를 꺼내 보이며 말했다.

"자, 머릿수건들 펴 놓으시오."

송수익이 가위를 들고 일어섰다.

지삼출은 머릿수건을 방바닥에 펼치며 새삼스럽게 감동하고 있었다. 송수익 대장은 의병 활동을 할 때부터 양반과 상민을 차별하지 않았다. 그러나 상것의 때 전 상투를 손수 잘라 준다니 그 송구스럽고 황감한 마음을 주체하기 어려웠다.

"지삼출 동지, 우리는 오늘부터 독립군이오."

싹둑 머리카락 잘리는 소리와 함께 송수익이 한 말이었다.

"야아……."

그 싹둑 소리에 가슴이 철렁하며 지삼출은 된소리로 대답했다. 그런데 '동지'라는 말은 처음 듣는 것이었다. 의병을 하면서는 쓰지 않던 말이었다.

지삼출 앞에 펼쳐진 머릿수건 위에 잘린 상투가 툭 떨어졌다.

"김판술 동지, 독립군은 의병보다 더 힘들 것이오. 새 힘을 냅시다."

"야아……."

김판술 앞에 펼쳐진 머릿수건 위에 잘린 상투가 툭 떨어졌다.

"양승일 동지, 독립군은 농사도 짓고 싸우기도 해야 하오. 힘을 냅시다."

"야아……."

양승일 앞에 펼쳐진 머릿수건 위에 잘린 상투가 툭 떨어졌다.

"천수동 동지, 독립군은 우리 동포들도 지켜야 하오. 더 용맹스럽게 싸웁시다."

"야아……."

천수동 앞에 펼쳐진 머릿수건 위에 잘린 상투가 툭 떨어졌다.

"강기주 동지, 독립군은 마적 떼하고도 싸워야 하오. 더 용맹을 떨칩시다."

"야아……."

강기주 앞에 펼쳐진 머릿수건 위에 잘린 상투가 툭 떨어졌다.

"배두성 동지, 우리는 오늘부터 독립군이오. 새 힘을 냅시다."

"야아……."

배두성 앞에 펼쳐진 머릿수건 위에 잘린 상투가 툭 떨어졌다.

"됐소, 이제 내 머리 모양처럼 되도록 서로 다듬으시오."

송수익이 지삼출에게 가위를 건네고는 자리를 잡았다.

상투를 자른 그들의 머리는 산발되어 흘러내려 있었다.

"흐흐흐, 천상 꽁지 빠진 수탉이로시."

"다들 쥐 뜯어먹은 얼굴이여."

그들은 변한 모습을 보며 웃음을 참지 못하고 서로 놀려 댔다.

"가위 놀리는 것이야 여자들이 훨씬 나을 테니 손질해 달라고 하시오. 허고, 오늘 점심에는 술을 한잔씩 하도록 합시다."

송수익이 지삼출에게 돈을 건네주었다.

지삼출과 배두성이 20리 밖 중국 상점으로 술을 사러 떠난 동안 필녀와 수국이는 물론이고 감골댁까지 나서서 남자들의 머리를 손질해 주느라 바빴다.

그들은 만주에 오자마자 집짓기에 온 힘을 쏟았다. 날씨가 추워지기 시작해 밤낮을 가리지 않고 일을 해야 했다. 오두막 네 채를 가까스로 지었을 때는 얼음이 어는 추위가 닥쳐와 있었다.

"참 요상허시. 만주는 산도 나무도 조선허고 똑겉은디 어째서 땅이 시커먼고?"

흙을 이겨 대며 누군가가 말했다.

송수익이 그 까닭을 설명했다.

"만주는 200년 동안 봉금령을 내렸던 땅이오. 봉금령이란 청나라를 세운 누루하치가 태어난 만주 땅을 신성시하여 아무도 드나들지 못하게 한 것을 말하오. 봉금령을 어기면 중죄인으로 다스려 죽였소. 200년이나 그랬으니 그 긴 세월 동안 나무들이 무성하게 자라면서 낙엽이 떨어져 쌓이고 썩어서 땅 색깔이 시커먼 부엽토가 된 것이오."

"그럼 따로 거름 줄 것도 없이 땅이 아주 걸겠구만이라? 근디 만주 벌판이 끝도 안 보이게 넓다는 소문은 거짓말 아닝게라우?"

"여기만 보면 그리 생각할 수 있소. 허나 여기서 300리만 가면 벌판이 바다처럼 펼쳐져 있소. 길림이라는 데는 동서남북 오륙백 리가 넘게 망망한 벌판이오. 징게 맹갱 들이 넓다 하나 그 수십 배요. 여기도 산줄기 사이사이로 들이 넓기는 하지만, 만주에서 보자면 산골인 셈이오. 여기 산줄기들은 저 동쪽 백두산에서 뻗어 내린 것인데, 우린 앞으로 왜놈들과 싸워야 하니까 압록강이 가까우면서 산이 많은 이곳에 자리 잡은 것이오."

"용정이라는 데도 가보셨능게라? 조선 사람도 많고, 살기도 좋다는 소문이든디요."

"다 돌아봤소. 소문대로 조선 사람이 중국 사람보다 훨씬 많기는 한데 우리가 살기는 고약하오. 왜놈들이 헌병과 경찰을 크게 늘렸기 때문이오. 그건 다 조선 사람을 꼼짝 못하게 다스리자는 수작이오. 내가 갔던 작년 이맘때는 벌써 독립운동하는 사람은 얼씬도 못하도록 수사망이 짜여 있었고, 이미 자리 잡은 독립운동가들마저 다른 데로 피신하는 처지였소."

송수익은 용정에서 잠시 만난 여준 선생을 생각했다. 서전의숙 선생을 하며 독립운동을 해 온 그분은 용정에서 연해주로 가야 할지 서간도로 가야 할지 숙고하고 있었다.

"신채호 선생께서도 머지않아 연해주를 뜨실 생각을 하고 계시더군요."

송수익은 연해주를 거쳐 온 소식을 알렸다.

"무슨 까닭에 그러시던가요?"

여준은 놀라움을 감추지 않았다.

"여러모로 형편이 여의치 않다고 하시더군요. 재산을 모은 동포들은 나라에 대한 반감이 깊어 독립운동을 탐탁지 않게 여기고, 일반 동포들은 생활이 곤궁한 모양이었습니다."

"부자들이 독립운동을 탐탁지 않게 여긴다……. 그럴 법도 합니다. 함경도 사람들은 조선왕조에 너무 홀대를 받아 원한이 사무쳤을 겁니다. 허나, 이제 조선왕조는 무너져 없어졌고, 우리가 찾을 나라는 새 나라라는 것을 이해하고 생각을 바꿔 먹어야 할

터인데……."

여준의 말은 침통했다.

"예, 신채호 선생께서도 같은 말씀을 하셨습니다. 걱정하시면서도 차차 생각이 깨어날 거라고 하시더군요."

송수익의 눈앞에는 동포들이 모여 사는 신한촌 산비탈에서 블라디보스토크를 붉게 물들이는 노을을 바라보고 선 신채호 선생의 모습이 선하게 떠올랐다. 살이라고는 붙지 않은 작은 체구는 너무 쓸쓸하고 외로워 보였다. 그러나 그 작은 체구가 나약해 보이지는 않았다. 그분의 무쇠처럼 단단한 작은 체구는 무너진 나라의 한쪽을 떠받치고 있는 느낌이었다.

"하얼빈을 거쳐 여기까지 오셨다니 그 발길이 수천 리 아닙니까? 의병 대장다운 담력이십니다. 두루 돌아보면서 느끼시겠지만 투쟁지로는 서간도 쪽이 마땅하지 않을까 합니다."

체구보다 수백 배 수천 배 큰 의지와 열정을 눈에 담은 신채호 선생의 말이었다.

"예, 소생도 그리 생각합니다. 언젠가 또 뵐 수 있었으면 합니다."

"뜻이 같으니 언제든 또 만날 수 있을 것입니다."

신채호는 시가지와 맞닿아 있는 중앙 부두 옆 마차 역까지 송수익을 배웅하러 나왔다.

"만주는 물론이고 이 연해주도 실은 다 우리 땅이었습니다. 여기가 다 발해의 영토였고, 도처에 발해의 유적이 남아 있습니다."

신채호는 시가지가 한눈에 내려다보이는 고갯마루에 이르러 이렇게 말했다.

송수익은 그 말에서 사학자다운 면모와 함께 독립운동가의 깊은 회한을 느꼈다.

"근디 어째서 용정에 조선 사람이 많이 살게 되었능게라?"

송수익은 회상에서 깨어났다.

"함경도의 가난한 사람들이 농토를 찾아 청나라의 봉금령을 어기면서 두만강을 건너다닌 것이 벌써 수십 년 전이오. 밤에 두만강을 건너가 만주 땅에 농사를 짓고 새벽이면 돌아오고 하는 것이었소. 잡히면 목숨을 부지할 수 없지만 배곯는 사람들은 그 죄를 무서워하지 않았소. 사람들은 자꾸 강을 건넜고, 청나라의 힘이 쇠하면서 봉금령도 흐지부지되었소. 그러자 조선 사람들은 들 넓고 물길 좋은 용정에 아예 붙박이로 터를 닦은 것이오. 이 만주 땅이 예전에는 다 우리 땅이었소. 백두산이 북쪽으로 산줄기를 뻗어 내린 땅이 만주고, 우리 선조들은 고구려나 발해라는 나라로 이 만주 땅을 다스렸던 것이오."

송수익은 틈날 때마다 여러 이야기를 했다. 그건 교양 교육이자 정신 무장 교육이었다.

지삼출과 배두성이 사 온 술을 앞에 두고 그들은 모두 둘러앉

왔다.

"이제 날도 풀렸으니 급히 논을 풀어야 하오. 머잖아 식구들도 오게 되는데 올해부터는 추수를 해야 하오. 허고, 동포들이 한 가구라도 더 여기에 정착하도록 해야겠소. 여기 농토 넓으면 사오십 가구는 있어야 할 것이오. 하루라도 빨리 마을이 이루어야 우리 힘이 커지지 않겠소? 자, 마음들 단단히 먹고 한잔씩 합시다."

송수익이 잔을 들었다.

며칠 뒤, 송수익은 합니하(哈泥河)로 가는 마차를 탔다. 독립군을 길러 내기 위해 설립된 신흥강습소 개소식에 참석하기 위해서였다.

작년부터 추진한 일이 마침내 결실을 보게 되었다. 만주에 독립군을 길러 내는 학교를 세우기로 한 사람은 우당 이회영이었다. 송수익은 서울 사람 이회영에 대해 남다른 인상을 가지고 있었다.

송수익은 압록강을 넘어온 의병대를 찾아 여러 현을 돌아다녔다. 동포들의 마을에 의지해 작은 부대를 이루고 있는 의병대는 특히 환인현에 여럿이었다. 환인현이 압록강에 붙어 있는 까닭이었다. 그런데 의병장들은 하나같이 임금을 하늘로 떠받드는 복벽주의자들이었다. 송수익은 그들과 뜻을 합칠 수가 없어 돌아서고 말았다. 그 뒤에 통화현을 거쳐 유하현에 이르렀다. 거기서 만난 사람이 이회영이었다.

이회영은 투철한 개화사상을 가진 인물이었다. 종이든 상민이든 독립운동에 뜻을 두었으면 손을 맞잡으며 '동지'라고 부르며 존댓말을 썼다. 그런데 또 한 가지 놀라운 것은 6형제가 60여 명에 이르는 온 가족을 데리고 만주로 건너온 점이었다. 그 집안의 나라를 되찾겠다는 뜨거운 일념에 송수익은 절로 머리가 숙여졌다.

송수익은 부하들이 만주로 오기 전에 최적의 투쟁지를 찾아 두어야 했다. 그래서 석 달에 걸쳐 길림에서 하얼빈으로, 하얼빈에서 연해주로, 연해주에서 북간도로, 북간도에서 서간도로 돌아온 것이었다. 그런데 통화에 자리를 잡은 것은 통화가 독립군을 보존하는 데 있어서나 국내의 일본군을 상대로 싸우는 데 있어서나 입지 조건이 그 어느 곳보다 나았기 때문이었다. 그리고 이회영 형제들을 비롯한 독립운동가들이 이곳에 독립운동 기지를 세울 계획을 세우고 있기 때문이기도 했다.

신흥강습소가 자리한 곳은 마치 절터처럼 아늑하면서도 수려했다. 그런데 강습소에 비해 주위의 평지가 무척 넓었다. 그 넓은 평지는 훈련장으로 안성맞춤이었다. 그 땅과 강습소는 이회영 형제들이 사비를 들여 마련한 것이었다.

"……우리의 목적이 독립군 양성에 있는 만큼 마땅히 그 이름을 신흥무관학교라 해야 할 것입니다. 허나 중국 관청의 입장이 있고, 중국 관헌들을 사주하는 왜놈들의 마수가 있고, 갈수록 늘어나는 밀정들의 침투를 고려해 단순한 교육기관인 것처럼 신흥강습소라고 했습니다. 이 점 여러분들께서……."

이회영의 인사말을 겸한 강습소 설립에 대한 경과 보고였다.

강습소 개소식은 조촐하게 끝났다. 모인 사람은 30명 남짓이었다. 사람을 신경 써서 고른 것을 알 수 있었다.

교주(校主)는 강습소 설립 비용을 다 내다시피 한 이회영의 형 이석영이었고, 교장은 이상룡이었다. 이상룡은 경상도의 대표적인 유림이면서도 드물게 개화사상을 지닌 인물이었다.

송수익은 집으로 돌아오는 마차 안에서 줄곧 가슴이 벅찼다. 젊은 독립군을 길러 내는 신흥무관학교― 그건 만주 땅에 비치는 서광이었다.

송수익은 신흥무관학교가 앞으로 창창하게 뻗어 나가기를, 독립군을 수없이 길러 내기를 간절하게 빌었다.

3

벽 그리고 벽

산과 들이 싱그럽고도 두툼한 초록빛으로 물드는 속에 단오가 왔건만 나뭇가지에 매는 그네를 찾기 어려웠고, 장터마다 벌이는 씨름판도 찾을 수 없었다.

공허는 험악해진 세상살이를 절감하면서 햇볕 속을 걷고 있었다. 사람들이 단오 쇠기를 작파해 버린 것은 다 토지조사사업 탓이었다. 땅을 마구잡이로 빼앗고 사람 목숨까지 마구잡이로 죽이는 판이니 누구든 명절을 쇨 신명이 날 리 없었다.

공허는 어둠이 깃들기를 기다려 신세호의 집을 찾아들었다.

"아이고 스님, 무고허셨구만요. 그 일 후로 소식이 없어 걱정했구만요."

신세호는 공허의 손을 덥석 잡을 만큼 반가워했다.

"송 장군께서 안부를 전허시등만이라."

"아, 만주에 다녀오셨구만요?"

목소리를 낮춘 신세호가 반색을 했다.

"예, 송 장군께서 전허시는 말씀이 있구만요."

공허는 표정 없이 무거운 얼굴로 신세호를 건너다보았다.

"무슨 말인지 어서 허시오."

신세호는 앉음새를 고쳤다.

"예, 송 장군께서는 장군님 큰아들허고 신 선생님 큰따님이 혼인을 맺으면 어떨란가 허시든디, 신 선생님 마음은 어떠신지……?"

"이심전심이 따로 없구만요. 소생도 똑같은 생각을 품어 온 지 오래구만요."

신세호는 송수익에게 더없는 고마움을 느끼며 밝게 웃었다. 송수익은 서로 사돈 맺기를 제안하는 것으로 자기 집안일을 모두 부탁하는 뜻을 담고 있었다. 그건 우정을 넘어선 마음의 표현이었고, 자신과 함께 행동하지 않았던 것조차 포용하는 마음이었다.

"그러시구만요……. 모든 인연에 우연은 없다고 허신 부처님 말씀대로 이리 매듭지으니……."

공허는 홀가분한 기분으로 고개를 끄덕였다.

밥상이 들어왔다. 점심을 건너뛴 공허는 시장할 대로 시장해

3 벽 그리고 벽 73

있었다.

"이거 원, 순 보리밥에 소찬이라서······."

신세호가 민망해했다.

"여름에 보리밥, 겨울에 쌀밥이야 순리 아닌가요? 죄짓지 않고서야 여름에 쌀밥 먹어지는 것이 아니제라."

공허는 시원스레 말하며 밥상 앞으로 바짝 다가앉았다.

"그리 넓게 생각허시니 드리는 말씀인디, 이 보리가 소생이 난생처음 농사지은 곡식이구만요. 많이 드시지요."

"예에? 선생님이 손수······?"

숟가락 가득 밥을 뜬 공허는 눈이 휘둥그레져 신세호를 바라보았다.

신세호는 멋쩍은 듯 웃고는, "나라는 없어지고, 너나없이 살기 어려워진 세상에 장부가 헐 일을 못허면서 무위도식까지 허자니 죄가 따로 없드만요. 농사라도 손수 지어야 사람 노릇이 될 것 같애서······." 하며 부끄러운 듯 말꼬리를 흐렸다.

"아······ 그러셨구만이라······."

공허는 가슴 뭉클한 감동으로 신세호를 새롭게 느끼고 있었다. 난세를 만나 그나마 장부로서 할 일을 하려고 손수 농사를 짓기 시작한 마음이 귀하고 믿음직스럽지 않을 수 없었다. 이 땅에 그런 작심을 한 양반이 몇이나 될 것인가?

"국 식는디 어서 드시지요."

신세호는 공허의 뜨거운 눈길을 피하며 다시 식사를 권했다.

"아 예…… 그 뜻 새기면서 맛나게 잘 먹겄구만요."

공허는 의미 깊은 웃음을 지으며 밥이 그득 담긴 숟가락을 입
으로 몰아넣었다.

"헌디······ 부처님 영험이 내리셨는지 스님께서 아주 마땅히 오셨구만요. 어디로 연락을 드려야 좋을지 몰라 맘만 급하던 참이었는디요."

공허는 볼이 미어져라 밥을 씹으면서 무슨 일이냐고 눈으로 묻고 있었다.

"예······ 임병서란 분이 만주로 송 장군을 찾아갈라고 며칠 전에 여기를 다녀갔지요."

"무슨 일인디요?"

공허는 밥 씹기를 멈추며 긴장했다.

"송 장군이 만주로 무대를 옮긴 후에 임병서 그 양반은 임병찬 대장을 모시고 독립의군부에서 활동했지요. 독립의군부는 여기 전라도 땅에 본부를 두고 전국적으로 조직을 확장해 나가면서 지난달에는 임병찬 대장님이 총독부 경무총감을 면담허고 국권 반환을 요구했구만요. 헌디, 총독부에서는 독립의군부 간부들을 체포허기 시작했구만요. 그래서 임병서 그 양반이 만주로 피헐 생각으로······."

신세호의 침울한 목소리가 막다른 골목으로 몰린 독립의군부의 운명을 그대로 나타내는 것 같았다.

"형편이 아주 급박허구만요. 그 양반을 얼른 만나는 것이 좋겠는디요."

공허의 즉각적인 반응이었다. 역시 목숨을 내걸고 의병 투쟁을 한 사람다운 태도였다. 신세호는 송수익한테서 느끼는 체취를 공허한테서도 문득 느끼고 있었다.

"예, 멀찍이 피해 있으니 급허게 사람을 놔도 이틀 뒤에나 만나게 되겠구만요."

"알겠구만이라. 연락을 취허시는 동안 소승은 딴 일을 보고 다시 오겠구만요."

공허는 아예 밥숟가락을 놓은 채 그 일에 정신을 쏟고 있었다.

"아이고 이런, 어서 진지를 드셔야제……."

공허는 더디게 숟가락을 다시 들며 입을 열었다.

"의병이란 의병이 다 씨가 마르는 판에 독립의군부라고 성헐 리 있간디요? 마구잡이로 총칼을 휘둘러 농사꾼들 땅까지 뺏는 놈들보고 국권을 반환허란다고 나라가 되찾아지겠는게라? 퇴깽이 잡아채 입에 문 늑대보고 퇴깽이 살려 달라고 사정허는 꼴이제라."

공허의 얼굴에 괴로운 빛이 드러났다.

"예…… 송 장군이 만주로 떠난 뜻을 임병서도 이제야 깨달은 것 아니겠는가요? 헌디 만주 사정은 어찌 돼 가고 있던가요?"

신세호는 지난날 자신이 임병서에게 독립의군부가 추진하려는 국권 회복 운동을 비판했던 사실을 아예 입에 올리지 않았다.

"만주도 일이 쉽지 않구만요. 왜놈들은 청국에 한일합방이란 것을 내밀면서 만주에 사는 조선 사람을 즈그가 다스려야 헌다고 허고, 청국은 왜놈들 비위 안 거슬릴라고 그러라고 해 버렸으니 조선 사람은 만주 땅에서도 왜놈들헌티 모가지가 틀어잡힌 꼴이 되야 부렀웅게요. 그뿐 아니고 왜놈들은 조선 사람이 만주 땅을 사지 못허게 허는 법을 만들라고 청국을 압박했구만요. 그래서 이번에 봉천성 의회에서 조선 사람은 만주 땅을 사도 팔도 못허게 허는 법을 만들었구만요. 왜놈들이 그리 악독허게 나대도 우리는 헐 일 다 허고 있구만요. 독립운동 단체를 엮고, 조선 사람 동네를 만들고, 조선 사람이 많이 사는 북간도 용정허고도 은밀히 연락허면서 서로 결속허고 있구만요. 다들 애쓰고 있응게 잘 풀릴 것이구만이라."

공허는 일부러 앞날을 밝게 이야기했다. 상대방을 안심시키는 동시에 용기를 갖게 하기 위해서였다.

"다들 그 고생들인디……."

신세호는 너무 면목이 없어 면목이 없다는 말조차 하지 못하고 말꼬리를 흐렸다.

"소승이 송 장군님 댁에 가기가 어려우니 이 글을 좀 전해 주시면 좋겠구만요. 소승은 또 갈 데가 있어서……."

공허는 봉투를 내밀고 몸을 일으켰다.

"아니, 이 야밤에 어딜 가실라고……?"

그 느닷없음에 신세호는 황망하게 따라 일어났다.

"소승이야 이쪽으로 발길 허면 야행허는 박쥐 신세 아니등가
요?"

공허는 마치 박쥐 신세를 즐기기라도 하는 것처럼 씽끗 웃으며
사립을 나섰다. 신세호는 말없이 공허를 배웅했다. 빠른 걸음의
공허는 곧 어둠 속으로 모습을 감추었다.

어둠으로 가득 찬 들판은 적막했다. 어둠 저 멀리 별똥별 모둠
처럼 작은 불빛들이 깜박거렸다. 그 불빛들이 그나마 들판의 어
두운 적막을 이겨 내고 있었다.

공허는 그 가물거리는 불빛들이 꼭 이 나라 백성들의 암담한
앞날 같아 목이 메었다.

"그 반대로 생각합시다. 저 불빛들이 언젠가는 이 어둠을 살라
먹게 될 것이오."

송수익의 말이었다.

공허는 하늘을 올려다본 채로 긴 숨을 토해 냈다. 들녘이 넓은
만큼 하늘은 넓었고, 어둡고 넓은 하늘만큼 가슴은 막막하고 답
답했다. 송수익에게 장담했던, 승려들을 다시 모으는 일이 생각처
럼 여의치 않았던 것이다.

"중이 무사는 아니고…… 중도 사람 아니라고……?"

거의가 이런 식으로 얼버무리며 뒤로 물러나 앉으려 들었다.

"재작년에 공포된 사찰령을 모르는가? 인제 우리도 우리 맘대로 못허는 신세여."

어떤 승려는 사찰령을 내세우며 그 뒤로 몸을 감추려 했다.

총독부는 조선의 불교를 선종과 교종으로 통합시키면서 전국의 큰 절 30개를 뽑아 본사로 정하고, 작은 절들을 그 밑에 속하게 했다. 조선에서 교세가 가장 큰 종교를 장악하자는 것이었다. 지배 세력인 양반들을 이런저런 방법으로 회유해 자기네 편으로 만든 것과 똑같은 수법이었다.

공허는 여기저기서 앞을 가로막는 많은 벽들에 부딪쳤다. 의병은 뿌리가 뽑힐 대로 다 뽑혔고, 만주 형편도 여의치 않았고, 대중들은 억울하게 땅을 빼앗기고 있었고, 양반 지주들은 재산 지키기에 급급해 친일파가 되어 가고 있었으며, 승려들은 승려들대로 눈앞의 잇속과 편안을 따라 넋을 팔고 있었다.

공허는 형편이 아무리 어려워도 그 계획만은 실현시키고 싶었다.

지금 만주에서 필요한 것은 사람과 자금이었다. 그런데 사람보다 더 급한 것이 자금이었다. 그런데 자금 조달이 쉽지 않았다. 물론 조선 땅에 부자는 많았다. 들녘이 넓은 전라도 땅에는 천석꾼이니 만석꾼이니 하는 지주들이 수두룩했고, 한양이며 개성에는 수십만 냥을 자랑하는 거상들도 많았다. 그러나 부자들은 나라가 어찌 되든 솔선해서 돈을 내놓는 법이 거의 없었다. 목숨을 내걸고 싸우는 의병들이 모자라는 군자금을 마련하기 위해 화적 떼처럼 부잣집들을 털지 않을 수 없는 것도 순전히 그들의 인색 때문이었다.

공허는 그들을 상대로 군자금을 모을 작정이었다. 그 방법으로 비밀결사 조직을 계획했다. 적은 인원으로 극비리에 활동할 생각이었다.

공허는 만경 들판을 가로질러 자정이 지나 군산 언저리를 밟았다.

"손판석이가 어찌 되었는지 모르겠네. 약도 제대로 못 쓰고……."

지삼출의 근심 짙은 목소리가 들려왔다.

공허는 손판석네 움막 앞에 섰다.

"손 샌, 손 샌! 자요? 손 샌!"

공허는 낮으면서도 힘이 들어간 소리를 내며 움막을 질벅거렸다.

"누구여, 거기 누구여?"

아직 잠이 안 들었던 것인지, 잠귀가 밝은 것인지 지체 없이 안에서 들려온 소리였다.

"나 공허요. 땡초 공허!"

공허는 그만 반가움에 넘쳐 '땡초 공허'에 힘을 넣었다.

"아이고메 스님, 요것이 어쩐 일이다요. 어여 오시게라우."

손판석이 밖으로 나왔다.

"아이고 손 샌, 다리는 어찌 되았소?"

공허는 눈을 크게 떴다.

손판석은 분명 지팡이 없이 똑바로 서 있었다.

"다리야 …… 빙신 못 면했구만요. 안으로 드시제라."

손판석이 돌아서서 걸음을 옮기는데 한쪽 어깨가 휘뚱 기울어졌다. 공허는 가슴이 컥 막혔다. 지삼출의 걱정이 적중한 것이었다.

"인제 아무 데도 써먹을 데 없는 쩔뚝발이가 되야 부렀구만요."

앞서 방으로 들어선 손판석이 공허를 돌아보며 말했다.

공허는 막힌 가슴이 더욱 답답해질 뿐 뭐라고 할 말이 없었다.

"욜로 앉으시제라. 돼지울 같애서……."

등잔에 불을 당긴 부안댁이 옆걸음질하며 자리를 권했다. 공허는 손판석의 아내에게 목례를 했다. 표현할 길 없는 미안함이 가슴을 휘돌았다.

"다들 무고헌게라?"

손판석은 먼저 주저앉으며 물었다.

"지 샌이 손 샌 걱정을 많이 했는디……."

공허는 긴 한숨을 내쉬었다.

"삼출이야 내가 이 꼬라지 될 줄 알았겠제라. 나도 다 짐작헌 일인디요."

손판석은 맥이 다 풀어진 소리로 말하며 담배쌈지를 펼쳤다.

"그나저나 이 일을 어째야 좋소?"

위로의 말마저 하기가 옹색해진 공허는 이렇게 탄식했다.

"다 운수 소관이제라. 죽어 극락보다 살아 지옥이 낫다는디, 그간에 수없이 죽어 간 사람들에 비허면 요것도 상팔자 아니겄는게라우?"

등잔불 빛을 받은 손판석의 얼굴이 쓸쓰름하게 웃고 있었다.

"손 샌이 그리 말허니 내가 더 헐 말이 없소. 근디…… 손 샌이 먹고살 일자리를 구해야 헐 것인디……. 내가 절에 잡일허는 자리를 구해 보면 어쩌겄소? 그작저작 일허면 힘도 별로 안 들고 아그들도 배 안 곯고 키울 것인디?"

공허는 손판석의 눈치를 살펴 가며 조심스럽게 말했다.

"그리 안 해도 되겄구만요. 창고지기 자리나 십장 자리가 곧 생길 팡잉게라."

손판석의 급한 대꾸였다.

"창고지기나 십장 자리?"

공허는 직감적으로 되물었다. 그 뜻밖의 말에 불길한 생각이 번뜩 스쳤다.

"야아, 누가 그런 자리를 시방 구허고 있구만이라."

손판석을 살피는 공허의 눈길이 예리했다. 그러나 손판석은 별다른 낌새 없이 대답했다.

공허는 손판석의 그런 예사로운 반응이 더 의심스러웠다. 창고지기나 십장 자리? 그 자리는 군산 부두 노동판에서 가장 편하면서도 세도를 부리는 자리였다. 그런데 손판석이한테 그런 자리가 돌아온다고……? 공허는 의심을 떼칠 수가 없었다.

"그것 참 잘되았소. 헌디, 그 자리를 차지허기가 쉽지 않을 것인디, 누구 잘 아는 사람이라도 있소?"

공허는 속마음을 드러내지 않은 채 넌지시 물었다.

"야아, 서무룡이라고, 지 샌이랑 한패로 등짐 지던 총각이 있구만요."

공허는 무엇인가 빗나가는 것을 느꼈다. 손판석은 주저 없이 이름까지 대고 있었다. 만약 마음이 변했다면 그렇게 솔직하고 담담할 수 없는 일이었다. 공허의 의심은 서무룡이라는 인물에게로 쏠렸다. 그 이름은 방대근이 가끔 입에 올리곤 했었다.

공허는 그 손판석이 서무룡에게 속고 있는지도 모른다고 생각했다.

"서무룡이 그 사람, 지금 무슨 일을 허고 있소?"

"그냥 그대로 막노동허고 있제라."

손판석은 아무런 기색 없이 곰방대를 뻐끔거렸다.

"손 샌, 그 사람이 어째서 지는 힘든 막노동을 허면서 손 샌헌티 그 편헌 일자리를 구해 주었다는 것이오? 허고, 지가 무슨 재주로 그 좋은 일자리를 구해 주겠다고 허겄소?"

"그럼 그놈이 헛방구 뀌면서 사람 가슴에 헛바람만 채우는갑네요?"

손판석은 엉뚱하게 헛짚고 있었다.

"손 샌, 눈을 더 크게 뜨고 그 사람을 살피시오. 창고지기나 십장 자리는 아무나 차고앉는 자리가 아니지 않소? 근디 그 사람이 구해 주겠다고 나섰다 그 말이오."

"워메, 그럼 그 사람이 왜놈들……."

손판석의 아내 부안댁은 불쑥 튀어나온 말을 손바닥으로 막으며 고개를 숙였다.

"그려요, 아짐씨 말이 맞소. 십중팔구 그 사람은 왜놈들 끈일 것이오."

공허는 허리를 곧게 세우며 말에 힘을 주었다.

"그놈이 왜놈들 앞잡이……?"

당황한 손판석은 안절부절못했다.

"생각혀 봉게 요새 그 사람 씀씀이가 헤퍼지지 안 혔소? 입성도 달라지고."

부안댁이 낮게 억누른 소리로 말했다.

"그려…… 그리고 봉게 그놈이 요상헌 것이 한두 가지가 아닝마……. 내가 새끼들허고 먹고살 생각에 맘만 급해서 그런 뻔헌 것도 못 본 봉사가 되야 부렀는갑네 이."

손판석은 어깨를 늘어뜨리며 아내에게 허탈하게 말했다.

"스님, 지가 깜빡 잘못 생각했구만요. 비렁뱅이 짓을 허고 살면 살았제 어찌 왜놈들 앞잡이 노릇을 허겠는게라? 스님 말씀대로 절에 자리를 구해 주시면 그리로 가겠구만요."

손판석이 고개를 숙였다.

"아니, 그리 생각헐 일이 아니오. 그 사람이 손 샌 행적을 아요, 모르요?"

"행적이라니, 의병 헌 것 말인게라?"

"그러요."

"아이고, 지 모가지가 둘이간디요? 고것이야 쥐도 새도 모르제라."

손판석은 단호하게 고개를 내저었다.

"그럼 잘되았소. 손 샌은 창고지기든 십장 자리든 차고 들어가 도록 허시오."

공허는 마치 의병을 할 때처럼 말했다.

"야아? 고것이 무슨 소리다요?"

손판석의 눈이 커졌다.

"놀랄 것 없소. 손 샌보고 왜놈들 앞잡이 노릇 하란 것이 아닝 게. 손 샌은 창고지기든 십장이든 해 먹으면서 헐 일이 따로 있소."

"이쪽 끈이 되라 그것인가요?"

손판석은 마침내 정곡을 찌르고 들었다.

"맞소, 바로 그것이오."

"워메, 그리 살얼음 걷다가 들키면 어쩔라고……."

부안댁의 겁먹은 소리가 가늘고 조심스러웠다.

"아짐씨, 표 안 나는 일잉게 그리 맘 안 써도 될 것잉마요."

공허는 면목 없는 마음으로 부안댁에게 정중하게 합장했다.

"야아, 지가 입방정이구만요."

부안댁은 황급히 마주 합장을 했다.

"스님, 맘 쓰시지 말고 어여 허실 말씀이나 허시제라."

손판석은 아내에게 눈을 흘겼다.

"왜놈들이 조선 천지에 즈그들 앞잡이를 얼마나 많이 박아 놓았소? 그런 판에 우리가 싸워 이기려면 그놈들 속으로 파고 들어가야 된단 말이오. 그렇게 손 샌은 그 자리를 차지해서 서무룡이 무슨 짓을 허는지 감시허고, 비밀을 알아내는 일을 허는 것이오. 왜놈들을 엎자면 헌병대고 경찰서고 면사무소고 우리 쪽 사람들이 파고들어야 허는디……."

공허는 긴 한숨을 내쉬었다.

"근디, 서무룡이 그놈이 참말로 왜놈들 앞잡이면 어쩔께라?"

손판석이 이맛살을 찡그렸다.

"당장 어쩔 것은 없소. 무슨 짓을 허는지 살피고, 누구허고 끈이 맺어졌는지 알아내면서 잘 지내기만 허면 돼요."

"참 속이 그리 검은 물건이 수국이를 찾게 해 달라고 발싸심이니."

부안댁이 혀를 차며 중얼거렸다.

"수국이를……? 무슨 소리요?"

공허가 손판석을 바라보았다.

"야아, 서무룡이 수국이헌티 반해서 수국이를 찾아 달라고 조르고, 소식 없냐고 물어 쌓고, 영 성가시게 나대고 있구만이라."

손판석이가 담배를 빨며 코웃음을 쳤다.

"그놈이 수국이 찾는 시늉을 허면서 지 샌이나 대근이 거처를 알아내려는 심보 아니오?"

"글쎄요…… 그놈이 수국이헌티 미친 것은 틀림없는디, 그럼 꽁 먹고 알 먹고 헐라는 것인지도 모르겠는디요?"

손판석은 고개를 갸웃갸웃했다.

"닭 울기 전에 떠야겠소. 자주 연락헐 것잉게 몸 성히 잘허시오."

공허는 바랑을 지며 거적문을 밀쳤다.

공허는 다시 어둠 속을 걸었다. 손판석을 찾아갈 때와는 달리 가슴이 후련하고 발걸음이 가벼웠다. 손판석이 다리를 절름거리게 된 것은 딱한 일이지만, 만주로 떠난 사람들과 다름없이 중한 일을 하게 된 것이 더없이 기뻤다.

꼭꼭꼬오옥 꼬옥…….

어둠 저편 멀리서 장닭의 울음소리가 울렸다.

공허는 밤새도록 걸은 피로감을 털어 내며 걸음을 더 빨리 했다. 날이 밝기 전에 당도해야 할 곳이 있었다.

"스님은 참 인정도 없으시오. 그것도 다 부처님이 말씀허신 인연인디, 그 보살님 소원 안 들어주면 지가 찾어갈라요."

아기중 운봉이 제법 협박조로 들이댔던 것이다.

공허는 어둠이 걷히는 들녘의 안개 밭을 헤치며 그 동네로 들어섰다. 기와집이 하나뿐이라 집을 찾고 말고 할 것도 없었다. 공허는 대문 앞에 이르러 목탁을 두들겼다. 목탁을 미처 열 번도 두들기지 않았는데 대문이 열렸다.

"스님……!"

부끄러움과 반가움이 뒤섞인 얼굴로 젊은 여자가 합장을 했다.

공허는 그 젊은 여자가 바로 홍 씨인 것을 알아보았다.

'스물네댓이 됐다나 어쩐다나……?'

공허는 나이를 가늠해 보았다.

"소승, 운봉 부탁으로 걸음했구만요."

공허는 피식 웃음 지었다.

"예…… 안으로 좀 드시씨요."

홍 씨는 옆으로 비켜섰다.

"갈 길이 바쁜디 운봉이 부탁헌 것이나 알리고 그냥 가야제라."

바랑을 한쪽 어깨만 벗어 목탁을 넣으며 공허는 무뚝뚝하게 말했다.

"저…… 밤길을 오래 걸으신 모양인디, 아침 공양 드시면서 잠시 쉬는 것이 좋겠는디요."

공허는 밤길을 오래 걸어온 것을 금방 알아보는 그 눈치 빠른 영리함이 제법이다 싶었고, 아침밥을 먹으라는 말에 왈칵 시장기가 일면서 마음이 흔들리고 말았다.

"그럼 아침 공양이나 허면서 얘기를 허도록 헐게라."

공허는 바랑을 추스르며 대문 문지방을 넘어섰다.

공허는 마당 가운데 서서 집을 둘러보았다. 집은 사랑채와 안채가 구분되어 있었지만 그리 큰 규모는 아니었다. 족보는 양반이지만 몇 대 안에 큰 벼슬은 못한 것 같았고, 재산은 한 삼사백 석이나 될까 하고 공허는 어림잡아 보았다. 그러나 아랫것들이 있다 해도 젊은 과부가 간수하기로는 큰 재산이었다. 그런데 젊은 과부가 마음을 딴 데 팔고 있으니…….

"스님, 아침 공양 되기 전에 요 꿀물을……."

홍 씨는 대청마루에 앉아 꿀물을 타며 공허가 어서 오르기를 재촉했다.

공허는 대청마루에 털퍽 걸터앉았다.

"요것 드시고 잠시 쉬시면 금세 아침 공양 올리겠구만요."

홍 씨는 공허 앞으로 사발을 밀어 놓고는 부산하게 몸을 일으 켰다.

공허는 진한 꿀물 한 사발을 단숨에 비웠다. 꿀물을 마시자 온 몸이 나른하게 처지면서 밤새껏 걸은 피로가 한꺼번에 몰려들었 다. 공허는 졸음에 파묻히며 꾸벅거리다가 결국은 대청에 벌렁 드러눕고 말았다. 그러더니 이내 코를 골기 시작했다.

"스님, 얼른 일어나 진지 잡수시오."

밥상을 마루에 놓은 처녀가 목청을 높였지만 공허는 코만 골 아 댔다.

"스님, 진지 잡수랑게라. 국 다 식는단 말이오."

처녀가 더 맵게 소리쳤다.

"어엉……? 뭣이여……."

공허는 몸을 벌떡 일으켰다.

"아이고, 죄송스럽구만이라. 잠귀신이 어찌나 찰지게 달라붙든 지……."

공허는 낯을 훔치고 맨머리를 쓰다듬고 하며 면구스러워했다.

"다 장헌 일 허시느라 고생이구만요. 찬이 변변찮은디……."

홍 씨는 밥상을 공허 앞으로 약간 밀어 놓았다.

공허는 밥상으로 다가앉으며 홍 씨를 힐끔 보았다. 장한 일 한 다는 홍 씨의 한마디가 이상하게 가슴을 찔러 왔던 것이다. 서로 눈이 마주쳤다. 홍 씨가 황급히 고개를 숙였다.

공허는 나직하게 헛기침을 하며 숟가락을 들었다.

"운봉헌티 송 장군 계신 데를 알아 달라고 허신 모양인디, 만주 통화 땅에 계시구만요."

공허는 밥이 가득 찬 입으로 어물거렸다.

"통화…… 스님은 언제 또 만주에 가실라는가요?"

여자의 목소리가 가늘게 떨렸다.

"언제 발길허게 될지 아직 모르겠구만요."

공허는 시치미를 떼며 정신없이 밥만 먹어 댈 뿐 여자를 본 척도 하지 않았다. 여자의 글발 심부름쯤 못해 줄 것도 없지만, 송 대장이 달가워할 것 같지 않았다.

"만주로 간 조선 사람들은 어찌 사는게라?"

공허는 뜨끔해졌다. 여자가 만주로 떠날 생각인지도 모른다는 느낌이 퍼뜩 든 것이었다.

"농토 만들어야 허고, 겨울은 여기보다 열 배는 더 춥고, 지옥이 따로 없구만이라."

"송 장군님은 쭉 혼자 지내시겠지요?"

공허는 가슴이 쿵 울렸다. 절에서 송 대장을 기어이 만난 것도 여자 특유의 당돌함이 발동한 결과였다. 그 당돌함이 만주로 뻗치지 못하라는 법이 없었다.

"아니구만요. 자리가 잡히는 대로 식구들이 다 옮겨 가기로 되어 있구만요. 언제까지 거기 있어야 될지 모르는 데다, 여기 식구들도 왜놈 등쌀에 살기가 어려워지고 있응게요."

공허는 얼렁뚱땅 거짓말을 꾸며 댔다.

공허는 밥을 떠 넣으며 소리 없는 한숨을 내쉬는 홍 씨를 훔쳐 보고 있었다.

쌀밥 한 그릇을 달게 먹어 치운 공허는 곧 자리를 털고 일어섰다. 더 할 이야기도 없었지만 실망하는 홍 씨에게 미안스럽기도 했다.

"소승, 오다가다 더러 문안드려도 괜찮을랑가요?"

대문을 나선 공허는 인사치레를 했다.

"지 팔자 박복해서 사촌 시동생헌티 이 집을 내주고 딴 동네로 떠야 허게 생겼구만요."

공허는 그 물기 젖은 말뜻을 금방 알아들었다. 제사 지낼 아들을 갖지 못한 홍 씨는 문중이 정한 양자에게 밀려 쫓겨나는 신세가 된 셈이었다.

"언제 어디로 가시는디요?"

"요번 가을걷이 끝내고 나서…… 어디로 갈지는 아직……."

홍 씨의 눈도 목소리도 눈물이었다. 공허는 가슴이 그만 찌르르 울렸다. 여자가 더없이 가여웠다.

"처지가 옹색헐수록 상심허면 안 되는구만요. 항시 부처님 말씀 염송허시면 맘에 기둥이 설 것잉마요. 나무관세음보살……."

공허는 합장했다. 마주 합장하는 홍 씨의 얼굴에 눈물이 주르륵 흘러내렸다.

공허는 짙은 어둠을 타고 신세호의 집으로 찾아들었다. 신세호는 의관을 차려입고 기다리고 있었다. 곧바로 집을 나온 두 사람은 말없이 어둠 속을 걸었다.

임병서는 향교 뒤채에서 그들을 기다리고 있었다. 수인사가 끝나자마자 임병서는 만주 이야기를 꺼냈다.

"신 형한테 만주 사정은 대충 들었소이다. 송 형을 찾아가면 내 한 몸 의탁하면서 장래 일을 도모할 수 있겠소?"

공허는 임병서가 신변의 위협을 몹시 두려워하고 있음을 느꼈다.

"예, 돈만 있으면 피신이고 장래 도모고 여기보다 낫겠지요."

공허는 상대방을 안심시키려고 느긋한 웃음까지 지어 보였다.

"그러면 나를 송 형 있는 데까지 안내해 주시오."

공허는 그만 비위가 상했다. 그 말투는 완연히 명령조였고 하대였다.

"그야 별 어려울 것 없구만요. 근디, 독립의군부가 의병으로 나서서 총질을 허고, 왜놈들을 때려죽인 것도 아닌디 만주까지 피해야 헐 만치 왜놈들이 세게 몰아치겠능가요?"

공허는 상대방의 면상을 박치기해 버리는 기분으로 말을 해치웠다.

"독립의군부가 어떻게 생긴 줄이나 알고 말을 그리 함부로 하는 거요? 독립의군부는 상감께오서 우리 병 자, 찬 자 대장님께 밀명을 내리시어 결성한 것이오. 또한 독립의군부는 그동안 상감마마의 뜻을 받들어 총독부를 상대로 국권 반환 운동을 맹렬하게 전개하고 전국으로 조직을 확대해 왔소. 이렇게 독립의군부의 세력이 커지자 두려움을 느낀 총독부에서 간부 체포령을 내리고 조직을 파괴하는 탄압을 자행하기 시작한 것이오. 이런 독립의군부의 활동을 비하하는 것은 바로 상감께 불경을 저지르는 것이오!"

임병서의 말은 당당하고 거침없었다.

공허로서는 독립의군부가 상감의 밀명을 받아 조직되었다는 것은 금시초문이었다. 그러나 공허는 별로 놀라지 않았다. 독립의군부가 상감의 밀명을 받았다고 해서 그 활동이 새삼스럽게 달라보이는 것도 아니고, 상감께 불경을 저질렀다는 자못 준엄한 지적도 이젠 아무런 죄목이 될 수 없었다.

"독립의군부도 그동안 큰일을 해냈고, 총독부가 독립의군부를 없애려는 것도 당연지사일 것이오. 지금 당면헌 일은 간부들이 다치지 않게 허는 것 아니겠소?"

딱히 누구에게 하는 것인지 모를 신세호의 나직한 말이었다.

공허는 옆볼에 닿는 눈길을 느끼며 고개를 약간 돌렸다. 신세호의 눈이 임병서와 말씨름 하지 말라는 뜻을 담고 있었다. 공허는 그 의미를 금방 알아차렸다.

"그야 그렇구만요. 다 우국충정으로 나선 분들인디 다쳐서야 되간디요?"

공허는 둥글둥글 넘어가기로 작정하며 이렇게 말했다.

신세호는 공허 모르게 임병서에게도 눈짓을 했다. 임병서는 신세호가 무슨 말을 하는지 대충 눈치채고 있었다.

"스님 말이 맞소. 의병이나 독립의군부나 도탄에 빠진 나라를 건지자는 뜻은 다 같소. 더구나 독립의군부의 간부 태반은 초기에 의병에 나섰던 분들이오. 허나 형세가 여의치 않아 새롭게 일을 도모할 수밖에 없게 되었단 말이오."

임병서는 공허에게 화해의 손을 내밀었다. 그러나 공허는 속으로 코웃음을 쳤다.

'초기에 의병에 나서? 뻔뻔허기가 쇠가죽 낯짝이시. 다 도망질 헌 물건들이!'

"새로 일을 도모허시자면 송 장군님을 만나 보시는 것이 상책이것제라이. 지가 송 장군님을 쉬 찾아가시게 길을 세세히 일러 드리겄구만요."

공허는 슬쩍 발뺌했다. 양반 콧대나 과시하는 사람의 길잡이 노릇을 할 마음은 없었다.

"아니, 그게 무슨 소리요? 스님이 동행을 안 하겠다는 거요?"

임병서의 말투는 곱지 않았다.

"동행을 안 허겄다는 것이 아니구만요. 송 장군님허고 의논헌 것인디, 지가 여기서 급히 꾸밀 일이 있어서 그렁마요. 허고, 통화 땅은 만주이기는 해도 압록강에서 엎어지면 코 닿게 가까운 데라서 말만 세세히 허면 금세 찾아지능마요."

공허가 능청스럽게 말했다. 사실 비밀 조직을 만드는 일이 급하기도 했다.

"그 급헌 일이 대체 뭐요?"

임병서의 말투는 마치 같은 조직의 상급자가 따져 묻는 식이었다.

"고것이…… 송 장군님이 은밀히 허라고 낭부허신 일이라……."

공허는 일부러 송수익을 팔아 가며 살살 꼬리를 사렸다.

"어허, 나를 못 믿겠다 그 말이오?"

임병서는 벌컥 화를 냈다.

"공허 스님, 중헌 일이니 입 무겁게 은밀히 해야겠지요. 허나 여기 있는 사람들 맘이 송 장군 뜻이나 다를 것이 없응게 말을 해도 탈이 없을 것이고, 또 말을 듣고 보면 서로 돕게 될지도 모르니 말을 허는 것이 어쩌겠소?"

신세호가 또 다리를 놓고 들었다.

"그 말씀도 맞기는 헌디요 이."

공허는 짭짭 입맛을 다시며 뭉그적거리고는, "거 뭣이냐, 만주에서 새 일을 도모허자 혀도 자금이 있어야 허는디, 그 자금을 구헐 조직을 짜야 되는구만요." 하고 신세호와 임병서를 번갈아 보았다.

"자금조달을 위해 비밀결사를 조직한다 그 말이오?"

임병서의 빠른 반응이었다.

"그렇구만이라."

"그것 좋은 생각이오. 마침 같은 뜻을 가진 사람이 있는데, 내가 소개하면 어떻겠소?"

임병서가 반색을 했다. 뜻밖의 말에 공허는 임병서라는 사람이 금방 달리 보였다.

"그런 사람이 있으면 좋고말고라."

공허는 마음의 벽을 허물며 흔쾌히 대답했다.

"그럼 내가 곧 소개하겠소. 그 사람도 독립의군부 사람인데, 이번에 검거당하면서 왜놈들에게 맞서자면 비밀 조직이 있어야 한다고 생각한 것이오. 믿을 만한 사람이니 손을 잡으면 실효가 클 것이오."

임병서는 자기 일은 잊어버린 듯 진지하게 설명했다.

"공허 스님, 이만허면 말 본전은 찾으신 것 같으니, 임 형 일은 어쩌실랑가요?"

"본전이 아니라 이문을 톡톡히 봤구만요. 임 선생님이야 지가 모셔다 드려야지라."

공허는 뒷머리를 긁으며 비식비식 웃음을 흘렸다.

4

오누이

"아부지이!"

어둠 속에서 졸고 있던 옥녀는 아버지를 외치며 화들짝 놀라 깼다.

밤마다 꾸는 똑같은 꿈이었다. 어머니를 따라 당산나무에 묶인 아버지에게 달려갔다. 그러나 어머니도 오빠도 자신도 일본 사람들에게 붙들렸다. 모두 발버둥을 쳤지만 빠져나올 수 없었다. 나무 아래 동네 사람들은 많고 많았다. 그러나 아무도 도와주지 않았다. 총소리가 귀청을 찢었다. 목이 터져라 아버지를 불렀다.

언제나 꿈은 여기서 끝났다.

옥녀는 언제나처럼 벌떡거리는 가슴을 왼손으로 누르고 오른

손으로는 허둥지둥 방바닥을 더듬었다. 아무것도 손에 잡히지 않았다.

"오빠, 오빠, 일어나소! 엄니가 또 나갔네, 얼른 일어나."

옥녀는 뒤로 돌아앉으며 소리쳤다. 그러나 오빠는 아무런 기척이 없었다.

"오빠, 일어나랑께! 엄니가 또 나갔단 말이여."

옥녀는 잡히는 대로 오빠의 몸을 꼬집었다. 그러지 않으면 오빠는 잠을 깨지 않았다.

"아야야야, 어째 염병이여!"

득보가 짜증스레 소리쳤다.

"엄니가 또 나갔응게 정신 차리란 말이시."

옥녀의 목소리에 물기가 번졌다.

"뭣이여, 엄니가 또!"

득보는 몸을 벌떡 일으켜 앉았다.

"얼른 엄니 찾으러 나가세."

옥녀는 오빠의 팔을 붙들었다.

"아이고, 엄니는 어째 그리 정신을 못 차리는지 모르겄다. 또 어디로 찾으러 간다냐?"

득보는 짜증스럽게 눈을 비비댔다.

"가 보자, 당산나무 아래부터."

득보는 누이동생의 손을 잡고 방을 나섰다. 달빛을 밟고 마당을 가로지르며 옥녀는 오빠의 손을 더 꼭 잡았다. 밤에 당산나무 아래로 간다는 것은 너무나 무서운 일이었다. 아버지가 총살당한 뒤로는 낮에도 당산나무에 가는 게 무서웠다.

밤이 깊어 사방은 조용했다. 득보는 어머니를 소리쳐 부르고 싶었지만 동네 사람들이 싫어할까 봐 그러지 못했다. 동네 사람들은 실성한 어머니를 불쌍하게 생각했지만 가까이하려 들지는 않았다. 어머니는 아무도 알아보지 못하고 히물히물 웃다가 느닷없이 소리 지르며 덤벼들고는 했다. 어머니 눈에는 동네 사람들이 그날의 왜놈들로 잘못 보이는 모양이었다.

그래도 동네 사람들은 모두 고마웠다. 끼니때마다 어느 집에서나 눈치 주지 않고 밥을 보태 주기 때문만이 아니었다. 동네 사람들은 돈을 추렴해서 아버지의 장례를 치러 주었고 아버지가 좋은 세상으로 가라고 당산나무 아래서 굿도 해 주었다. 그뿐 아니었다. 시름시름 앓던 어머니가 실성하자 의원에게 데려갔고, 또 굿을 해 주었다. 아버지의 혼을 달래 극락으로 보내 주고, 악독한 왜놈들 허수아비를 불태우는 굿을 했지만 어머니는 정신을 되잡지 못했다. 어머니가 제정신을 찾게 해 달라고 손바닥이 뜨겁게 빌었지만 아무 소용없었다.

아버지가 총살당하고, 논도 빼앗기고, 어머니도 실성을 해 버려

당장 굶어 죽을 형편이었다. 하루를 꼬박 굶었다. 실성한 어머니는 호박잎이고 뭐고 닥치는 대로 뜯어먹었다. 누이동생은 물만 마시다가 쓰러졌다. 창피하다는 생각을 버리고 바가지를 들고 옆집부터 찾아갔다.

"아이고, 금쪽 겉은 아들자식 꼴이 하루아침에 요것이 뭣이다냐?"

아주머니는 눈물을 글썽이며 밥덩이를 바가지에 담아 주었다.

'다 왜놈들이 이렇게 만들었제라.'

쏟아지는 눈물을 참으며 이렇게 속대답을 했다.

"요것이 무슨 일이다냐? 느그가 무슨 죄가 있다고 요리 험헌 팔자가 되았다냐?"

다른 아주머니도 울상이 되며 얼른 밥을 가지고 나왔다.

'다 왜놈들이 이렇게 만들었제라.'

슬픔을 참아 내며 또 똑같은 대답을 속으로 씹었다.

집집마다 차례로 밥을 얻으러 다녔다. 그러나 이장집이나 지주 총대 집에는 가지 않았다. 그들은 왜놈들과 함께 아버지를 죽인 사람들이었다.

아이들도 밥을 얻으러 다니는 자신을 놀리지 않았다. 실성한 어머니를 놀리지도 않았다. 아이들도 그날 당산나무 아래로 끌려가 아버지가 당하는 것을 다 본 탓이었다.

큰길로 나서자 곧바로 당산나무가 나타났다. 당산나무는 흐린 달빛 속에서 검게 보였다.

누이동생이 손을 더 꼭 잡으며 바짝 붙어 섰다. 어머니는 밤이 깊어지면 으레 당산나무를 찾아갔다. 당산나무를 끌어안고 꺼이꺼이 울기도 하고 키들키들 웃기도 하다가 여기저기 다른 곳을 헤매 다니기도 했다.

당산나무가 가까워졌는데도 어머니는 보이지 않았다. 너무 늦게 나와 어머니가 딴 곳으로 가 버렸는지도 몰랐다.

"인제 어쩔까!"

옥녀의 목소리가 울음이었다.

득보는 아랫입술을 깨물었다. 어머니는 또 아버지의 묘를 찾아갔기 쉬웠다. 전에도 아버지 묘 앞에 쓰러져 있는 어머니를 날이 밝아 데려온 일이 여러 번 있었다.

그러나 거기는 무서워서 도저히 갈 엄두가 나지 않았다. 길도 멀고 귀신이 드글거린다는 묘지가 많은 산이었다.

"그냥 가자, 집으로."

득보는 축 처진 소리로 말했다.

"엄니…… 엄니이……."

옥녀가 걸음을 떼어 놓으며 흐느꼈다.

"울지 말어, 곧 날 밝을겨."

득보는 옥녀의 손을 꼭 잡아 주며 말했다.

집으로 돌아온 득보는 벽에 등을 기대며 한숨을 내쉬었다.

"니 자거라. 내가 지킬 것잉게."

"아니여, 오빠가 자소. 내가 지킬라네."

득보와 옥녀는 서로 마주 보고 벽에 기대앉았다. 행여 어머니가 돌아올지 몰라 잠을 잘 수가 없었다.

득보는 또 앞일을 생각했다. 어머니는 언제까지 정신이 안 돌아올 것인가? 이제 밥을 얻으러 다니기도 낯이 없었다. 자신이 세 살만 더 먹었더라도 좋을 것 같았다. 열세 살이면 어느 집에 꼴머슴으로 들어갈 수 있었다. 그러나 열세 살이 되려면 설을 세 번이나 더 쇠어야 했다. 그때까지 줄곧 밥을 얻어먹으면서 살 수 있을 것 같지 않았다. 더 밥을 얻어먹을 수 없으면 어떻게 되나? 동네를 떠나 정말 거렁뱅이가 되어야 하나…….

옥녀는 꾸벅꾸벅 졸고 있었다. 득보는 누이동생을 누워서 자게하고 싶었지만 그대로 두었다. 어머니가 돌아오기 전에는 누워서잘 누이동생이 아니었다.

누이동생은 고집이 센 편이라 자신과 곧잘 싸우기도 했다. 한대만 얻어맞아도 누이동생은 그 쨍쨍한 목소리로 마구 울며 아버지를 찾았다. 그러면 야단을 맞는 건 보나 마나 자신이었다. 아버지는 누이동생을 무척이나 예뻐했고, 그 대신 어머니는 자신을

제일로 쳤다.

아버지가 누이동생을 유독 예뻐하는 데는 까닭이 있었다. 누이동생은 노래를 잘했던 것이다. 그건 아버지 내림이었다. 아버지의 육자배기 가락은 소문이 나 있었다.

"가시네가 목청 좋아 좋을 것이 뭣이 있소? 팔자 사나우라고."

어머니는 누이동생이 노래 잘하는 것을 영 마땅찮아했다.

"어허, 무슨 소리여? 내가 재주가 모자라 명창이 못 된 것이 한인디, 우리 옥녀가 세상 뜨르르허게 허는 명창이 되면 이 애비 한 풀어 주는 것이제."

아버지는 누이동생을 무릎에 앉히고 이렇게 역성을 들었다.

동네에 소리꾼이나 놀이패가 오면 아버지는 꼭 옥녀를 데리고 구경을 나섰다. 옥녀는 한 번만 구경하면 무슨 소리고, 노래고 흉내를 잘도 냈다.

옥녀는 고개를 꾸뻑 떨구었다가 몸을 바로잡고 하면서 졸고 있었다.

득보는 한숨을 쉬며 눈을 감았다. 기운이 없고 눈이 씀벅거려 머리를 벽에 기댔다. 그때 닭 우는 소리가 들렸다.

"오, 오빠, 가세!"

옥녀가 화들짝 놀라 몸을 바로 세웠다.

"쬐께 더 자지 그러냐?"

득보는 느리게 눈을 떴다.

"얼른 일어나소. 엄니 기다리는디."

옥녀는 벌써 방을 나서고 있었다. 득보는 모래가 든 것 같은 눈을 비비며 누이동생 뒤를 따랐다.

옥녀와 득보는 험상궂은 얼굴의 장승이 서 있는 마을을 지나고 개울을 두 개나 건너 아버지 산소에 이르렀다. 그런데 어머니는 보이지 않았다.

"엄니가 없네. 엄니이……."

옥녀는 쓰러지듯 풀썩 주저앉았다. 그리고 기어이 울음을 터뜨렸다.

"가자, 해가 뜨면 오시겄제. 가시 밥 얻어다 놔야제. 엄니 배고픈디."

득보는 울고 있는 누이동생을 감싸 안았다. 누이동생은 어깨를 들먹이면서도 몸을 일으켰다. 더 가 볼 데도 없었고, 밥때가 지나면 안 된다는 것을 알고 있었던 것이다.

집으로 돌아와 밥을 얻어 왔는데도 어머니는 돌아오지 않았다. 해가 뜨고 안개가 다 걷혔는데도 어머니는 돌아오지 않았다. 들로 일 나가는 어른들이 사립 앞을 지나가고, 아이들 떠드는 소리가 고샅에서 왁자하게 들리는데도 어머니는 돌아오지 않았다.

"엄니이…… 엄니이……."

기다리다 지친 옥녀가 삐질삐질 울기 시작했다.

"야들아, 집에 있었구나. 얼른 나서라. 느그 엄니 탈 났다."

어떤 아주머니가 마당으로 뛰어들며 소리쳤다.

"울 엄니가 어찌 됐간디요?"

득보는 정신없이 물었다.

"가 보면 안께 얼른 가기나 허자."

아주머니는 허둥지둥 사립을 나갔다. 옥녀는 짚신을 질질 끌며 벌써 아주머니 뒤를 쫓고 있었다. 득보는 그 뒤를 따라가며 숨을 몰아쉬었다.

아주머니는 아버지의 산소로 가는 길목에 있는 야산 쪽으로 발길을 돌렸다.

"느그 놀라지 말어라. 알겄냐?"

비탈을 오르던 아주머니가 갑자기 돌아서며 둘을 번갈아 보았다.

"아줌니, 울 엄니가 죽었제라!"

옥녀가 느닷없이 내쏜 말이었다.

"아이고메 흉헌 것. 가 보면 안다."

아주머니가 눈이 휘둥그레지며 얼른 돌아섰다. 옥녀가 아앙 울음을 터뜨렸다. 득보는 눈앞이 노래지며 숨이 막혔다. 옥녀의 말은 바로 자신의 머릿속에 꽉 차 있던 생각이었다.

어머니는 그 야산 자락의 조그만 저수지가에 거적으로 덮여 있었다. 뻣뻣한 어머니를 붙들고 몸부림치던 옥녀는 하얗게 까무러치고 말았다.

"옥녀야, 옥녀야!"

눈물이 범벅 된 득보는 누이동생을 끌어안으며 울부짖었다.

어머니는 아버지와 함께 묻혔다. 장례가 끝나자 옥녀는 그날 밤으로 앓기 시작했다. 몸은 손을 대기가 무섭게 뜨거웠고, 헛소리를 해 댔다. 득보는 약을 얻어다 먹이고, 식은 보리밥을 끓여 죽을 만들어 먹이고 했다. 누이동생은 닷새 넘게 앓고 가까스로 기운을 차렸다. 그런데 옥녀는 조잘거리던 말도 없어지고, 방싯거리던 웃음도 없어졌다. 슬픔이 가득 찬 얼굴로 먼 데를 바라보며 하염없이 앉아 있기만 했다. 그러다가 가끔 노랫가락을 풀어냈다. 그 소리는 상엿소리보다도 더 슬프고 서러웠다.

득보는 날이 갈수록 끼니때가 되는 게 걱정스러웠다. 바가지를 들고 나서기가 점점 힘들었다. 먼저 달라진 것은 아이들이었다. 아이들은 눈을 흘기거나 입을 삐죽이는 것으로 싫은 눈치를 보였다. 저희들도 배불리 못 먹는데 밥이 축나는 게 좋을 리 없었다. 아주머니들 입에서도 어머니 걱정이 없어지고, 그저 덤덤하게 밥덩이를 보태줄 뿐이었다.

눈치가 보이자 발길이 더 내키지 않아 득보는 하루에 한 끼만 돌게 되었다. 그렇다고 옆 동네로 가고 싶지는 않았다. 그렇게 되면 영락없는 거지였다.

하루에 한 끼만 먹게 되자 옥녀는 시래기처럼 말랐다. 할 수 없이 득보는 옥녀 모르게 다른 마을로 밥을 얻으러 갔다. 그런데 남의 집 사립 앞에 그냥 서 있을 수만은 없었다. 거렁뱅이들이 흔히 하는 '밥 한술 줍쇼'라거나 '먹다 남은 밥 한 덩이 보태 줍쇼'를 외쳐야 했다.

그러나 그 소리 하기는 너무 어려웠다. 득보는 엉덩이를 뒤로 뺀 채 목만 길게 늘여 사립 안을 기웃기웃하다가 사람과 눈이 마주치면 '저어…… 저어……' 하는 것이 고작이었다.

"밥 다 먹고 치웠다."

"없어, 우리 먹을 밥도 모자란다."

이런 차가운 말 앞에서 득보는 그냥 돌아설 수밖에 없었다. 그러나 차갑게 내치는 말보다 더 견디기 어려운 것은 또래 아이들의 놀림이었다.

거지 거지 땅거지
미나리밭에 거머리

아이들이 뽑아대는 노랫가락이었다.

그럴 때면 득보는 이를 앙다물고 땅바닥만 보며 걸었다. 그러면

114

서 속으로 외쳤다.

'아니여, 나는 거지가 아니여. 왜놈들이 아부지를 죽이면 느그들도 별수 없어.'

득보는 이 동네 저 동네로 부지런히 밥을 얻으러 다녔다. 아무리 창피스럽고 무참한 일을 당하더라도 누이동생을 굶기지 않을 마음으로 다 참고 이겨 냈다.

득보와 옥녀에게 슬프면서도 기쁜 날은 아버지, 어머니 산소를 찾아가는 날이었다. 산소에 갈 때는 꼭 옷을 빨아 입었다. 옥녀가 어김없이 하는 일이었다. 더러운 옷을 입고 가면 어머니가 속상해한다는 것이었다.

옥녀는 산소에 찾아가 오빠와 나란히 절을 하고 나서 단정히 앉아 노랫가락을 뽑았다. 아버지가 좋아하던 육자배기 가락들이었다.

산소에서 내려온 득보와 옥녀는 언제나처럼 장승거리 나무 그늘에서 다리쉼을 하기로 했다. 득보가 논에 들어가 메뚜기를 잡는 동안 옥녀는 그늘에 앉아 노랫가락을 흥얼거렸다.

에미 죽어 우는 새야
니 갈 데가 어디드냐
애비 죽어 우는 새야

니 어디서 날을 새냐

옥녀의 가락은 구슬프고 서럽게 넘어가고 있었다.

"하이고야, 니 재주가 예사가 아니다. 니 누구헌티 소리 배우냐, 시방?"

한 여자가 수다스럽게 입을 놀리며 머리에 인 보퉁이를 내려놓았다.

갑작스러운 수선에 놀란 옥녀는 노래를 뚝 그치고 고개를 저었다.

"참말이여? 아무헌티도 안 배워?"

옥녀는 고개를 끄덕였다.

"허, 저절로 나오는 소리가 그 정도면 명창감 아니라고?"

여자는 옥녀를 바라보며 혼잣말을 하고는, "느그 아부지 이름이 뭐냐?" 하고 옥녀 옆으로 다가앉으며 물었다.

옥녀는 도리질을 했다.

"무슨 말이다냐, 아부지 이름을 몰라?"

옥녀의 도리질이 커졌다.

"아이고 답답허다, 말로 혀라. 그럼, 아부지가 없냐?"

옥녀가 무겁게 고개를 끄덕였다.

"얄궂어라, 그럼 엄니허고 살겠네?"

옥녀는 다시 도리질을 했다.

"무슨 일이다냐? 엄니도 없단 것이여?"

옥녀는 또 고개를 끄덕였다.

"참 별일이시. 그럼 누구허고 사냐?"

여자는 침을 삼키며 옥녀 옆으로 더 바짝 다가앉았다.

옥녀는 턱 끝으로 논을 가리켰다. 여자는 논에서 메뚜기를 잡고 있는 득보를 찾아냈다.

"니 오빠냐?"

옥녀는 가볍게 고개를 끄덕였다.

"느그 둘이서만 사냐?"

옥녀는 고개를 약간만 끄덕였다.

"어떻게 사냐? 얻어먹냐?"

옥녀는 고개를 떨구었다.

"쯧쯧쯧…… 배곯코 사는구나."

옥녀의 고개는 아무 움직임이 없었다.

"니 우리 집에 가서 살자. 끼니때마다 고기 먹여 줄 팅게."

여자의 말이 떨어지자마자 옥녀는 몸을 발딱 일으키며 소리쳤다.

"오빠아, 오빠아!"

그 외침에는 반가움이 아닌 겁이 실려 있었다.

득보는 누이동생의 외침을 듣자마자 고개를 홱 돌렸다. 물뱀이라도 나타났나 싶었던 것이다. 득보는 메뚜기 꿰미를 든 채 마구

뛰었다.

득보는 큰길로 올라서서야 낯모르는 여자를 발견했다. 득보는 숨을 헐떡거리며 누이동생에게 눈길을 보냈다.

"저 아줌니가 나보고……."

옥녀는 재빨리 득보에게로 옆걸음질을 치며 여자를 눈짓했다.

"이, 니가 오빠로구나. 느그가 엄니 아부지 없이 동냥살이허고 산단 말 들었다. 니 동생이 노래를 잘허고, 느그 신세가 불쌍혀서 내가 우리 집에 가서 살자고 헸다. 느그가 우리 집에만 가면 삼시 세끼 고깃국만 배불리 먹으면서 살 수 있다."

여자는 반드르한 얼굴처럼 말도 거침없이 매끈하게 했다.

"세끼를 고깃국만 먹어라……?"

득보는 의심스러운 눈으로 여자를 유심히 바라보았다.

"내가 주막을 헝게 고깃국이 큰 솥에서 항시 부글부글 끓는다. 내가 원체 소리를 좋아혀서 그렇게 니가 하루에 두어 번만 소리를 허면 느그 둘이 고깃국만 먹고 살게 혀 주겠다 그 말이여. 허고, 니는 사내자식잉게 장작개비나 슬슬 나르고. 무슨 소린지 알아먹겠냐?"

여자의 시원스러운 말이었다.

득보와 옥녀는 반짝 눈이 마주쳤다. 둘의 마음은 하나로 엉켰다.

"되았다, 가자!"

여자는 보퉁이를 서슴없이 득보에게 내밀었다.

"돌림병이 돈 것도 아닌디 어쩌다 느그 집안 꼴이 이리 되았냐?"

여자가 머리를 쓰다듬어 넘기며 물었다.

"저어, 그것이……."

득보는 하기 싫은 이야기를 하지 않을 수 없었다. 그래서 대충 이야기를 해 주었다.

"그놈의 토지조사사업이 무섭긴 무섭구나. 망헌 집이 수도 없응게."

고깃국을 준다는 말은 참말이었다. 주막에 가자마자 아주머니는 김이 무럭무럭 오르는 국밥을 차려 주었다. 살코기도 따로 한 접시 놓아 주었다. 득보와 옥녀는 서로 멍하니 바라본 채 숟가락을 들지 못했다.

"배고픈디 얼른 먹지 뭐 허고 있냐?"

여자의 말에 득보와 옥녀는 꿈에서 깨어나듯 서둘러 숟가락을 들었다. 살코기는 말할 것도 없었고 국밥 국물도 한 방울 남기지 않고 다 먹어 치웠다.

너무 배가 불러 벽에 등을 기댄 둘은 마주 보며 더없이 흡족한 웃음을 지었다.

득보와 옥녀는 나날이 더없이 편하고 아늑했다. 끼니때마다 배불리 먹었고, 하는 일도 별로 없었다. 옥녀는 하루에 서너 번 노래를 불렀다. 주인아주머니가 어떤 손님들 앞에 내세워 부르라고 했다. 옥녀는 처음에는 부끄러워하다가 몇 번 해 본 뒤로는 엉덩이를 뒤로 빼지 않았다. 노래를 들은 손님들마다 잘한다고 칭찬해서 그런지도 몰랐다. 득보는 옥녀에게 노래를 시키는 게 마땅치 않았지만 주인아주머니에게 뭐라고 할 수는 없었다. 둘을 배불리 먹여 주는 밥값치고는 쌌던 것이다.

득보는 할 일이 없어 심심할 지경이었다. 밥때마다 장작개비를 부엌 앞에 날라다 주고, 아침저녁으로 마당을 쓰는 일이 다였다.

득보도 옥녀도 살이 올랐다. 옥녀는 새 옷까지 얻어 입어 제법 예뻐 보이기도 했다.

옥녀가 네댓 명의 손님 앞에서 가락을 뽑고 있었다.

"으쩌요, 타고났제라?"

주인 여자가 옆의 남자에게 속삭였다.

"글쎄, 더 들어 보드라고."

수염이 더부룩한 남자가 심드렁하게 대꾸했다.

"나도 귀야 빤히 뚫렸는디, 저것은 아주 제대로 된 물건이오."

"물건이 제대로 되면 뭘 혀. 뒤탈이 없어야제."

남자가 주인 여자에게 쏘았다.

"내가 언제 뒤탈 생기게 허는 것 봤소? 걱정 말고 재주가 어떤 지나 판별허란 말이오."

주인 여자가 야릇하게 눈을 흘겼다.

"재주야 저만허면 좋은디, 인물이 좀 빠지지 않는고?"

"아이고, 저것이 나이 어린 데다가 굶고 살아서 그렇지 이목구비 저만허기도 쉽지 않으요. 허고, 가시네들은 커 가면서 인물이 좋아지는 것 아닙디여?"

"어허, 나이 들면서 느느니 주름살이고 말발이시."

남자가 뚱하게 말하며 노랫가락을 한창 높이고 있는 옥녀에게 눈길을 돌렸다.

며칠 뒤 새벽, 주인 여자는 옥녀를 깨워 일으켰다. 옥녀는 단잠이 깨지는 것이 싫어 어깨를 내두르며 짜증을 부렸다.

"이년아, 정신 차리고 얼른 옷 입어. 당장 먼 길 떠야 헝게."

주인 여자는 옥녀의 등짝을 퍽 때렸다. 옥녀는 그만 정신이 번쩍 들었다.

"오빠도 깨워야제라?"

"아니여, 니만 간다."

"야아……?"

옥녀는 다급하게 오빠를 흔들고 꼬집었다. 겁이 나서 오빠를 소리 내 부르지도 못했다.

"옥녀야, 얼른 안 나오고 뭐 허냐!"

주인아주머니가 쨍하니 소리쳤다.

"야아, 나가는디요……."

옥녀는 대꾸를 하면서 잠이 덜 깬 어벙벙한 오빠를 꼬집었다.

"얼른 정신 차려. 아줌니가 나를 먼 데로 보낼라고 헌단 말이여."

"잉? 뭐, 뭣이여?"

득보는 그때서야 잠이 확 깼다.

옥녀는 울음이 가득한 얼굴로 일어났다.

"옥녀야, 무슨 일이여, 무슨 일?"

득보는 허둥지둥 옥녀를 뒤따랐다.

어둑어둑한 마당에는 주인 여자와 함께 예닐곱 사람이 서 있었다.

"아줌니, 옥녀를 어디로 보낼라고라?"

득보는 옥녀 앞으로 나서며 물었다.

"이, 니가 나설 일이 아니다. 옥녀가 명창 되게 소리 잘 가르쳐 달라고 저 아저씨들 딸려 보내기로 혔다. 옥녀가 명창 돼서 올 동안 니는 여기서 살어라."

"아닌디요. 나도 따라갈라요."

득보는 세차게 소리쳤다.

"어라, 쬐깐헌 것이 말을 썹네."

텁석부리 남자가 침을 뱉었다.

"뭐 허요, 얼른 들쳐업고 뜨제!"

주인 여자가 빽 소리 질렀다.

"그려, 저놈은 자네가 맡소."

텁석부리 남자가 득보를 제치며 옥녀를 덥석 안아 들었다.

"오빠아아……."

옥녀가 소리치며 버둥거렸다.

"옥녀야, 옥녀야!"

옥녀를 뒤쫓으려는 득보를 주인 여자와 부엌데기가 낚아 잡았다.

"오빠아아……."

옥녀의 울부짖음은 멀어져 갔다.

"옥녀야, 옥녀야, 옥녀야……."

득보는 두 여자한테서 벗어나려고 몸부림치며 숨넘어가게 외

쳤다.

"오빠아아……."

옥녀의 외침은 안개 속으로 아득하게 멀어지고 있었다.

5

역둔토 특별처분령

군산 부두에 밀물을 타고 일본 배가 다투어 몰려들고 있었다. 일본 배들은 화물도 많이 실어 왔지만 사람도 많이 실어 왔다. 그들 대부분은 가족을 거느리고 이민 오는 사람들이었는데, 더위가 고비를 넘기면서 부쩍 더 늘고 있었다.

"참말로 요상스럽네. 어째 요새 저리 부쩍 많아질꼬?"

"사람 참, 더운 여름 다 가고 먹을 것 많고 살기 좋은 가을에 오는 것이야 당연허제."

"그려, 우리야 등짐 많이 지고 돈만 많이 벌면 그만이여."

"그 사람 참, 속창아리도 없네. 우리가 단말에 속아 땅 팔아먹고, 종당에는 소작까지 뺏기고 요 꼬라지로 나선 것이 다 저것들이 몰려들어 밥통 뺏은 것 때문 아니냔 말이여?"

"또 그 소리. 자네 언제까지 그 소리를 헐랑가?"

"내 땅 되찾을 때가지 그럴라네."

"아이고, 저놈의 성미, 질기기가 삼줄이여."

지게를 진 짐꾼들이 부두 울타리 밖에서 서성이며 말질을 하고 있었다.

하시모토는 쌀가마와 소금가마를 가득 실은 배가 밀물에 떠오르며 통통통통 발동 거는 것을 보고 부두에서 돌아섰다. 자신의 생산품이 배에 실려 본국으로 간다는 것이 여간 뿌듯하지 않았다. 그러나 그 양은 영 셈에 차지 않았다. 쌀은 지금의 백 배는 돼야 마음에 빈 구멍이 없어질 것이었다. 죽산면만 다 손아귀에 넣으면 어려울 것도 없었다. 이번 토지조사사업 덕에 땅이 늘어나긴 했지만 기대에는 못 미쳤다. 땅 욕심 많은 양반 지주들 때문이었다.

그래도 하시모토는 이곳에 자리 잡은 자신의 판단이 만족스러웠다. 서해안의 완만하게 펼쳐진 뻘밭, 그것이야말로 보물단지이고, 도깨비방망이였다.

그 뻘밭에 나직하게 둑을 막기만 하면 그대로 소금밭이었다. 소금의 질도 뛰어나고, 인건비도 일본에 비해 너무나 쌌다. 게다가 나라의 전매사업으로 철통같이 보호를 받고 있으니 돈은 거저

굴러 들어오는 것이나 다를 바 없었다.

하시모토는 자신의 생산품이 일본으로 떠나는 날에는 어김없이 부두에 나왔다. 그는 그 배를 보면서 애국하는 보람을 느꼈고, 돈벌이의 재미를 만끽했다. 그리고 그때가 군산에 발걸음 할 좋은 기회였다. 그는 땅 늘리기에 정신을 팔다가 군산과의 연결이 소홀해지는 것을 늘 경계했다.

"안녕하십니까, 하시모토 상! 저 이동만입니다."

"아니 이 상, 어쩐 일이시오?"

이동만이가 반가워하는 것에 비해 하시모토는 심드렁한 기색이었다.

"예, 또 이주객들 마중 나왔지요."

"수고가 많소. 헌데, 요새 이주객들이 왜 이렇게 많아지고 있소?"

불쑥 말을 내뱉으면서 하시모토는 아차 싶었다. 일개 농장 지배인에 불과한 조센징한테 그런 것을 묻는 것은 자신의 체면을 깎는 일이었다.

"저도 잘 모르겠는데요. 다 관청에서 알아서 하는 일 아니겠어요?"

이동만의 일본말은 능란했다.

"알았소. 내가 며칠 전에 듣긴 했는데, 그날 술김에 들은 얘기라 그만 깜빡했소."

하시모토는 날래게 둘러붙였다.

"아, 이 상 아들은 측량 학교에 잘 다니고 있소?"

하시모토는 찜찜함을 지우고 자신의 능력이 얼마나 큰지 다시 확인시키려고 일부러 이동만 아들의 안부를 입에 올렸다.

"예, 그놈이 곧 측량에 따라나서게 되었습니다. 하시모토 상의 은혜 백골난망이옵니다."

이동만은 다리를 절름거리는 몸이면서도 그저 허리를 굽실거렸다.

"아 뭐, 그까짓 걸 가지고. 자 그럼, 난 부청에 들어갈 일이 바빠서……."

하시모토는 굳이 '부청'을 입에 올리며 손을 까딱 하고 돌아섰다.

"살펴 가십시오. 또 뵙겠습니다."

이동만은 서둘러 허리를 깊이 굽혔다.

말을 탄 하시모토는 부청에 다다랐다.

"요즘 들어 갑자기 이주민들이 불어나고 있는데, 어찌 된 일인지요?"

하시모토는 의례적인 인사를 건네고는 곧 쓰지무라에게 물었다.

"왜 그걸 오늘에야 묻나? 하루 이틀 된 일도 아닌데."

쓰지무라가 서류를 뒤적이며 웃음 담긴 눈길을 힐끗 보냈다.

128

"예, 처음엔 조금 늘어나나 보다 했는데 자꾸 많아지니까 이상한 생각이 들더군요."

"이상한 생각?"

"예, 이렇게 많이 몰려드는데, 관청에서는 어떤 계획을 세우고 있는 것인가, 혹시 뭐가 잘못되고 있는 건 아닌가 하고 별의별 생각이 다 떠오르지 않습니까?"

하시모토는 상대방의 응답을 유도하려 애쓰고 있었다.

"자네 눈엔 총독부가 그리 시원찮게 보이는가? 대일본 제국의 관리들이 모인 조선총독부가 자네가 걱정하는 것처럼 무계획하고 무책임하지는 않네. 허허허허……."

쓰지무라가 헛웃음을 웃었다.

"그야 더 말할 게 있습니까? 전 그저 이주민이 많이 몰려와 궁금해서 그런 거지요."

잠시 당황해하던 하시모토는 비위 맞추는 웃음을 지어 보였다.

"이주민들이 너무 많이 몰려온다? 그 생각에 바로 문제가 있네. 자네 생각엔 지금까지 내지에서 건너온 사람이 대략 얼마나 된다고 생각하나?"

"글쎄요…… 한 10만에서 15만쯤……."

"그 정도면 대충 맞힌 셈이네. 헌데, 동양 제일의 정치가이시고 정략가이시며 조선의 초대 통감이신 이토 히로부미 각하께서 일찍이 뭐라고 설파하신 줄 아나? 조선을 제대로 통치하려면 내지인을 200만은 이주시켜야 한다고 하셨네. 지금까지 온 이주민을 15만으로 잡아도 200만까지 가려면 아직 멀었네. 자네, 이토 각하께서 말씀하신 뜻을 모르진 않겠지?"

쓰지무라는 하시모토를 빤히 바라보았다.

"예, 조선을 통치하려면 행정력이나 경찰력만으로는 안 된다는 뜻 아닌가요?"

"맞았네, 역시 자넨 영리해서 좋아."

"헌데 그 많은 이주민들의 생활 대책이 무엇인지……?"

"자네 그게 궁금해서 날 찾아온 모양이지?"

하시모토는 그만 가슴이 뜨끔해졌다.

"아닙니다. 오늘 출항하는 날이라 배 떠나는 것 보고 찾아뵈려고 했습니다."

"아, 오늘 또 출항하는 날인가?"

쓰지무라는 별 관심 없는 척 눈길을 천장으로 돌리며 대꾸했다.

"저어, 이거……."

하시모토는 양복 속주머니에서 돈봉투를 꺼내며 문 쪽을 빠르게 살폈다. 그리고 책상 옆에 달린 서랍을 열고 재빨리 봉투를 밀어 넣었다.

"자네 신수는 항시 좋구만. 말은 잘 달리나?"

쓰지무라는 아무 일도 없었다는 듯 물었다.

"예, 이젠 길이 익숙해져 저는 가만히 앉아 있기만 하면 됩니다. 아까도 부두에서 여길 오는데 제 놈이 다 알아서 부청 앞에서 멈추지 않겠습니까?"

"어허허허…… 그놈 참 기특하군. 말은 역시 개에 못지않은 영물이라니까."

"예, 영물이고말고요."

하시모토는 쓰지무라를 따라 헛웃음을 쳤다. 그 웃음은 봉투를 건네고 받을 때마다 나누는 것이었다. 그들의 웃음에는 서로 고마움과 유대감과 같은 것이 담겨 있었다.

하시모토는 배가 뜰 때마다 부두에 나왔고, 그때마다 쓰지무라를 찾았다. 사업을 확장하는 데 쓰지무라는 총독보다 더 긴요하고 효과적인 실무자였다.

"자네가 아까 이주민 생활 대책을 걱정했는데, 내지인을 이주시키면서 총독부가 속수무책일 리 없지. 대책을 세우긴 했는데 그게 얼마나 효과가 날지는 모르겠군."

쓰지무라는 무덤덤하게 말했다.

하시모토는 긴장하며 마른침을 삼켰다. 드디어 자신이 알고 싶은 정보가 나올 참이었다.

"자네 가까이 좀 오게."

하시모토는 잽싸게 쓰지무라 옆으로 다가앉았다.

쓰지무라는 귓속말을 하기 시작했다.

"이 사실을 발설해서는 안 되네."

쓰지무라가 허리를 펴며 하시모토의 눈을 응시했다.

"천황 폐하께 맹서합니다."

하시모토의 결연한 선언이었다.

하시모토는 부청을 나오면서 생각에 사로잡혔다. 쓰지무라가 귓속말로 속삭여 준 그 대책은 뜻밖이었다.

'그걸 땅을 늘리는 데 이용할 수 있지 않을까! 이주민들에게 우선적으로 토지를 대여해 준다……. 대여는 어디까지나 대여로 이주민들은 경작권만 갖게 되는 것이고…… 땅 주인은 총독부나 동척 그대로지……. 그렇지만 대여료는 아주 쌀 테고, 대여가 일정 기간 지나면 소유권을 넘겨주는 건 아닐까……? 그렇게 되면 일이 뜻대로 풀리는 건데…….'

하시모토는 말이 걷는 대로 흔들리며 골똘히 생각에 빠져들었다.

늦더위가 가시고, 가을걷이도 머지않았는데 동네마다 소동이 벌어졌다. 일본 사람들이 집을 짓는 일 때문이었다. 외리에도 두세 사람이 눈에 불을 달고 이리 뛰고 저리 뛰고 야단법석이었다.

"저놈들이 기어코 우리 밭에 말뚝을 박아 부렀소. 이대로 당허고만 있어야 되겠소?"

이빨을 뿌드득 가는 한기팔의 목소리는 안타깝기 그지없었다.

"참말로, 저것을 어째야 쓸랑고……."

남상명의 목소리는 힘이 없었다. 한기팔은 자기네 밭에 왜놈들이 집 짓는 것을 막아 달라는 것이었다. 그러나 남상명은 집을 못 짓게 할 방도를 찾을 수 없었다. 말로 해서 들을 사람들이 아니고, 그렇다고 마을 사람들이 그전처럼 모두 들고일어날 수도 없었다. 그랬다가는 순사들에게 끌려가 또 죽도록 매타작이나 당하게 될 뿐이었다.

"한 샌, 여기 계셨구만요. 나를 찾았다면서요?"

사립 쪽에서 박건식이 들어서고 있었다.

"이, 자네 어디 갔었능가?"

한기팔이가 반색을 하고 들었다.

"땅이나 파먹고 사는 놈이 가면 어딜 가겠소? 소작질 해 먹는 논에 나갔제."

빼앗긴 자기네 논에 소작을 부치는 분한 감정이 박건식의 말 속에 퍼렇게 살아 있었다.

"자네 우리 밭에다 집 지을라고 왜놈들이 말뚝 박고 지랄 발광인디 어째야 쓰겄능가?"

한기팔의 목소리는 뜨거웠다.

"어쩌긴 뭘 어째라? 왜놈들이 맘대로 땅 뺏고, 집 짓고 허는디 누가 그 일을 막겄소?"

박건식의 심드렁한 대꾸였다.

"아니, 자네 시방 불난 데 부채질이여!"

한기팔이 핏대를 세우며 버럭 소리를 질렀다.

"무슨 소리다요? 땅 뺏긴 사람들이 모두 나서서 집을 못 짓게
헐 수도 있소. 근디, 그러면 순사 놈들이 총 꼬나 잡고 와서 다 잡
어갈 것 아니겄소? 잡혀 들어가면 또 반 죽게 매타작 당허고, 한
샌은 우리 아부지처럼 감옥에 갇힐지도 모른단 말이오."

"허, 말이야 뻔드르르허시. 다 즈그들 논밭은 성헝게로 구경이
나 허자는 심보면서 겉으로만 날 위허는 척허지 말란 말이여. 그
리 무서우면 나 혼자서도 얼마든지 왜놈들 몰아낼 수 있응게 걱
정 말드라고."

얼굴이 벌겋게 들뜬 한기팔은 자리를 박차고 일어났다.

"어이 한 서방, 그 무슨 짧은 생각이여? 일로 앉어 보소."

남상명이 다급하게 일어나 한기팔을 붙들었다.

"다 소용없소, 남남잉게!"

한기팔은 숨을 씩씩거리며 사립을 벗어났다.

"참, 우리만 땅을 찾은 것도 아닌디……"

남상명이 한숨을 쉬며 주저앉았다.

"냅두씨요, 화 다 토해 내게."

박건식이 혀를 차며 쌈지를 꺼냈다.

"그나저나 오뉴월 갈치 창자에 쉬파리 몰리듯 왜놈들이 어찌 저리 몰아닥치는지 모르겠네. 자네 혹여 무슨 소문 못 들었능가?"

남상명이 박건식을 넌지시 건너다보았다. 아버지를 면회하러 전주 걸음을 자주 하면서 행여 무슨 소식을 들었는가 해서였다.

"왜놈들이 조선 사람을 못 믿응게 즈그 백성을 불러들여 조선 사람을 꼼짝 못허게 만들려고 그런다는 소문도 있고, 조선이 살기 좋아 자꾸 온다는 말도 있고, 그렇구만이라."

박건식도 속 시원하게 아는 것이 없어 전주를 오가며 귀동냥한 것을 그저 옮겨 놓았다.

"그렇기도 헐 것이여. 근디 그 많은 사람을 뭘 해 먹고 살게 헐라는지 모르겠당게로."

"면사무소나 주재소 근방에 집을 짓지 않고 들판에 집을 짓는 것을 보면 농사지어 먹고살려는 것 아니겠능가요?"

"그야 그런디…… 그 많은 사람이 농사지을 농토는 어디서 나고?"

"참, 아재도 답답허시요. 왜놈 농장들이 그동안 몰아 잡은 농토가 얼마나 많은디 그요? 그 농장에서 조선 작인을 왜놈으로 사정없이 갈아 치우지 않았소? 농장마다 작인을 다 왜놈으로 바꾸려면 왜놈 농사꾼이 지금보다 배는 더 건너와야 헐 것인디요?"

"판이 그리 될라능가? 그나저나 조선 사람들만 죽사리치게 생겼구먼."

"어쩔 것이오, 다 나라 뺏긴 죄제."

두 사람은 함께 한숨을 쉬었다.

밤이 이슥하게 깊었다. 지게를 진 사람이 어둠을 아랑곳하지 않고 무거운 걸음을 옮겨 놓고 있었다. 지게에서는 무언가 묵직하게 꿀렁거리는 소리가 울렸다.

그 사람은 끙끙 힘을 써 가며 지게에서 짐을 내렸다. 그리고 무언가를 쏟아 냈다. 어둠 속에 썩은 똥냄새가 진동했다. 그 사람은 똥장군을 끌고 다니며 똥을 쏟아 내고 있었다.

아침밥을 먹은 농부들이 들로 일을 나갈 즈음이었다. 이장을 앞세운 순사 두 사람이 고샅길을 바삐 걸어가고 있었다.

이장과 순사들은 어느 집으로 거침없이 들어갔다.

"한기팔이 나와, 한기팔이!"

이장이 목청을 돋우었다.

"노, 논에 일 나갔지라⋯⋯."

부엌에서 나온 여자가 수건 끝을 입에 물며 울상이 되었다.

"갑시다, 앞장서시오!"

이장이 턱짓을 했다.

"우리 애들 아베가 무슨 잘못을 했다고 그런다요?"

여자의 목소리가 눈물에 젖어 있었다.

"어허, 말 그만 허고 앞장이나 서란 말이오. 순사들 화나기 전에."

이장이 눈을 부릅뜨자 여자는 입술을 속으로 맞물며 걸음을 떼어 놓았다.

한기팔은 논두렁에서 꼴을 베다가 붙들렸다. 그는 총을 겨눈 순사들을 멀뚱히 바라보며 낫을 떨어뜨렸다.

"네놈이 집터에다 똥 퍼다 부었지!"

"아, 아닌디요. 무슨 소리다요?"

취조는 이것으로 끝났다.

한기팔은 곧 다른 방으로 끌려가 아랫도리가 벗겨진 채 열십자 형틀에 묶였다. 한기팔은 어젯밤 마누라도 모르게 똥을 퍼다 부은 것을 후회하지 않았다. 빼앗긴 밭을 되찾으려고 똥을 퍼다 부은 게 아니었다. 그 땅에 집을 짓고 살 왜놈들을 망하게 하려고 한 일이었다. 예부터 묏자리나 집터는 으레 명당에 잡았다. 명당에 서린 좋은 운은 그 집안을 복되게 한다고 했다. 그런데 그 명당을 남에게 빼앗기면 좋은 운도 그쪽으로 넘어가고 이쪽에는 액운이 끼친다는 것이었다. 명당의 기를 꺾는 데는 똥을 퍼다 붓도록 되어 있었다.

"이 새끼, 똥을 퍼다 부었지!"

이런 외침과 함께 채찍이 예리한 소리로 허공을 가르며 맨살인 엉덩이를 후려쳤다.

"아우쿠쿠쿠……."

한기팔은 몸을 비비 틀며 비명을 토해 냈다. 엉덩이 두 군데에서 새빨간 피가 흘러내렸다.

"이 새끼, 똥 퍼다 부었지!"

채찍이 또 볼기짝을 물어뜯었다.

"아이고메, 엄니이!"

한기팔의 절박한 외침이었다.

"내가 그랬소, 똥 퍼다 부었소."

한기팔은 더 견디지 못하고 실토하고 말았다.

"건방진 자식, 감히 어디다 똥을 퍼다 부어. 당장 총살을 시켜 버려야 마땅하나 자애로우신 천황 폐하의 은전을 베풀어 태형 30대로 감한다!"

주재소장은 자못 엄숙하게 말했다.

한기팔의 아내는 점심나절이 되어 남편을 데려가라는 연락을 받았다. 주재소로 부랴부랴 달려간 아내는 얼굴이 눈물범벅이 되어 혼자 되돌아왔다. 혼자 힘으로는 남편을 데려올 수가 없었던 것이다.

남상명과 박건식은 어쩔 수 없이 들것을 만들어 가지고 주재소로 갔다. 한기팔을 들것에 그대로 엎었다. 양쪽 볼기짝이 어찌나 많이 찢어지고 헐었는지 바로 누일 수가 없었다.

"징허고 독헌 놈들……."

박건식이 어금니를 맞물었다.

동네로 가는 동안 한기팔은 끊임없이 신음 소리를 냈고, 그의 아내는 연신 훌쩍거렸다.

들녘에는 가을걷이가 한창이었다. 그러나 정작 일손을 바삐 놀리는 농부들 마음에는 시름이 가득했다. 역토나 둔토였던 논밭을 국유지로 빼앗겨 버린 사람들은 여전히 소작인 신세로 감시받는 타작을 하고 있었던 것이다.

농부들이 겉배만 부르고 속배는 고픈 추수를 하고 있는 가운데 바다를 건너온 일본 이주민들은 들녘 여기저기에 새로 지은 집으로 이사를 들어가고 있었다. 그 집들은 총독부가 아주 싼값으로 지어 주고, 그 돈을 두고두고 갚게 하는 특혜를 베풀고 있었다.

그런데 들녘에 이상한 소문이 퍼져 나갔다.

"뭣이여? 역둔토를 즈그들 이주민헌티 나눠 주는 법을 만들었다고?"

"아니, 우리가 시방 서류를 내놓고 따지고 있는 판에 누구 맘대로 남의 땅을 나눠 줘?"

"이 사람아, 서류 타령허지 말어. 총독부가 맘대로 헌다는디 누가 뭐라고 헐 것이여?"

"인제 보니 속으로 고런 일 꾸미면서 즈그 농꾼들을 많이 끌어들인 것이로구마."

"근디, 우리가 당허고만 있어서야 쓰겄어!"

"안 그러면 어쩔 것이여? 총 이기는 장사가 어디 있등가?"

농부들의 이야기는 대개 이런 식으로 끝나고는 했다.

얼마 가지 않아 소문은 사실로 드러났다. 총독부가 '역둔토 특별처분령'을 공포한 것이다.

그것은 총독부가 무력을 앞세워 국유지로 편입시킨 조선 사람들의 역토나 둔토를 일본 이주민들에게 우선 대여해 주는 특혜법령이었다.

땅을 빼앗긴 외리 사람들은 약속이라도 한 것처럼 남상명의 집으로 모여들었다.

"이리 당허기만 허면서 더는 못 살겄는디 무슨 수를 내야 허는 것 아니겄어?"

누군가가 불쑥 말했다.

"시답잖은 소리 말어. 니나 나나 의병 일어날 적에 뒷전 친 쫌팽이들인디 인제 와서 무슨 수를 낸다는 것이여?"

누군가가 사정없이 대질러 버렸다.

"안 그래도 힘 빠지는 판에 그런 낯 뜨건 소리 허지 말드라고. 서로 못헐 일 아니라고?"

남상명이 사람들을 둘러보았다.

"근디, 우리는 인제 어째야 허는 것이여? 땅 찾기를 작파혀?"

"작파허고 말고가 어딨어? 왜놈들이 안 주겠다고 딱 작정해 부렀는디."

"어허 참, 일이 이리 되고 보니 저 사람 어르신만 헛고생이시네 그려."

사람들의 눈길이 박건식에게 쏠렸다. 박건식은 입을 꾹 다물며 눈길을 떨구었다.

"왜놈 농꾼들이 땅을 차지허면 우리는 인제 소작도 못 부치게 되는 것 아니겠어?"

"참말로, 우리 신세도 인제 쪽박 신세 되야 부렀구만."

누군가가 짙은 한숨을 내쉬었다.

며칠 뒤, 남상명은 박건식을 따라 면회길에 나섰다. 사정이 못 쓰게 변했다는 소식을 아들이 전하게 하는 것이 마음에 걸렸고, 박병진을 만나 앞으로 어떻게 해야 할지 듣고도 싶었다.

남상명에게 이야기를 다 들은 박병진은 눈을 감은 채 한동안 말이 없었다. 감옥살이로 수척해진 얼굴에 괴로움이 서렸다.

"여러 말 헐 것 없네. 사정이 어찌 되든 땅은 끝까지 찾아야 헝께. 우리만 살고 끝낼 목숨이 아니여. 그 땅은 새끼들 것잉게 찔기게 물고 늘어져야 혀, 찔기게."

박병진의 매서운 눈빛이 남상명과 아들의 눈을 쏘고 있었다.

"야아, 명념허겄구만이라우."

남상명은 가슴이 저릿거리는 것을 느끼며 고개를 수그렸다. 새 힘이 솟는 반면에 그동안 상심하기만 했던 것이 부끄러웠다.

6

양반의 자제들

기차는 들판을 거침없이 달리고 있었다. 빈 들녘에는 물길을
따라 무성하게 자라난 갈대숲만 남아 있었다. 하얀 갈대꽃의 흔
들림 위로 어머니의 모습이 실려 가고 있었다.

어머니가 오래 앓기는 했지만 이렇듯 허망하게 돌아가실 줄은
몰랐다. 정도규는 복받치는 울음을 삼키며 두 형을 생각했다. 앞
으로 두 형이 벌일 재산 다툼을 생각하면 벌써 가슴이 짓눌렸다.

기차가 군산역에 다다르고 있었다. 정도규는 급히 가방을 들고
일어났다.

정도규네 집은 집 앞부터 초상집인 것이 드러났다. 솟을대문이
활짝 열려 있고, 사람들이 부산하게 드나들었으며, 집 앞 아름드

리나무 아래에는 거렁뱅이들이 들끓고 있었다.

정도규는 정신없이 대문으로 뛰어 들어갔다.

"아이고 어무님, 아이고, 아이고오⋯⋯."

빈소 앞에 무릎 꿇은 정도규는 목 놓아 통곡했다.

"자, 그만허면 어무님이 다 알아들었을 것잉게 인제 상복 갈아입고 절 올려야제."

문중 어른들이 일으켜서야 정도규는 풀어놓았던 감정을 추슬렀다.

정도규는 상복을 갈아입고 절을 올리고 나서야 큰형 옆에 작은형이 없는 것을 알았다.

"그저께 저녁 진지를 잘 잡쉈는디 밤새 유명을 달리허서 부렀다⋯⋯."

큰형 정재규의 말은 짤막했다.

"오래 앓으시면서 기운이 다하신 것이제. 주무시듯 편히 가셨다."

문중 어른의 덧말이었다.

정도규는 '그럼 아무도 임종을 못 지켰단 말인가요!' 하는 말이 터져 나오려 했다. 그러나 정도규는 이를 사리물었다. 이제 와서 그 말을 꺼내 봐야 아무 소용없는 일이었다.

"작은형님은⋯⋯?"

정도규는 불안한 마음으로 큰형을 바라보았다.

"코가 삐틀어지게 술 처먹고 사랑방에서 자빠져 잘 것이다. 냅 둬라."

큰형이 눈에 독기를 품고 말했다.

"양반 체통을 지켜야제. 재산을 분배허기 전에는 장례를 못 치르게 헌다고 나자빠져 있는 상규 고집이 지나친 것이제. 상것들헌 티도 손가락질 당헐 일잉게."

문중 어른의 말에 정도규는 고개를 치켜들었다.

"작은형님 어디 있습니까!"

화를 내뿜는 그의 얼굴은 싸늘하게 굳어 있었다. 큰형이고 작은형이고 돈에 미친 짐승 같기만 했다.

"냅둬라."

정재규의 즉각적인 반응이었다.

"작은형을 데려와야지 안 되겠어요."

정도규는 큰형을 묵살하고 돌아섰다.

정상규는 네 활개를 펼친 채 사랑방에서 자고 있었다. 맨상투 머리가 헝클어져 있는 그는 상복 차림이 아니었다.

"작은형님, 나요, 도규. 일어나시오."

정도규는 작은형의 등짝을 쥐어질렀다.

"어엉! 머, 머시여? 누구라고?"

정상규는 잠에 젖은 소리를 내면서 후닥닥 몸을 일으켰다.

"니 누구여? 도규 니 언제 왔냐?"

놀란 정상규는 눈을 비비댔다.

"온 지 얼마 안 됐소."

"아니, 근디 니 어쩔라고 상복부터 입었냐? 요런 멍청아, 정신 차려!"

정상규는 오히려 자기가 정신이 번쩍 들어 소리쳤다.

"모르겠소, 누가 멍청인지. 내가 들은 말로는 허방에 빠질 사람은 바로 작은형님입디다. 작은형님이 재산을 분배받기 전에는 장례를 못 치르게 한다고 이러고 있다면서요?"

"그려, 이렇게 버티면서 너 오기를 기다리던 참이다. 근디 뭐가 잘못돼서 내가 허방에 빠진다는 것이냐?"

정상규는 동생의 말뜻을 생각하느라고 기가 약간 수그러들었다. 생각이 깊고 사리를 잘 따지는 동생의 말이 신경 쓰였던 것이다.

"작은형님이 아무리 옳은 주장을 해도 어무님 장례를 막으면 작은형님은 천하에 둘도 없는 불효자식으로 몰리게 돼요. 저런 불효자식은 재산을 한 푼도 주지 말고 문중에서 몰아내라고 문중 어른들이 들고일어나면 어찌 되겠어요? 큰형님은 얼씨구나 하고 재산을 다 차지해 버리고, 작은형님은 빈주먹에 불효자식이란 죄까지 뒤집어쓰게 된단 말이오. 벌써 문중 어른들은 큰형님을 편들고 작은형님은 나쁘게 보고 있어요. 이래도 허방에 빠지는 게 아니오?"

정도규는 나지막한 소리로 작은형을 몰아대고 있었다.

"그 영감탱이들, 언제나 큰아들 편만 드는 물건들 아니냐? 근디, 장례를 치르고 나서 큰형이 말을 안 들으면 어쩔 것이냐?"

정상규는 이미 마음이 흔들려 있었다.

"작은형님 혼자가 아니니 걱정하지 않아도 돼요."

정도규는 비로소 작은형을 똑바로 보았다.

"그려? 니도 인제 나허고 한패로 나서겄다 그것이여?"

정상규는 반색을 하다가, "니 또 뒤무르게 어물어물허는 것 아니여?" 하고 동생을 믿을 수 없다는 듯 고개를 갸웃거렸다.

"이제 어무님도 안 계시고, 나도 장가든 몸이오."

정도규는 결의를 나타내 보였다.

"되았어. 상복을 입도록 허제!"

정상규는 먼저 몸을 일으켰다.

"도규 니 재주 용타?"

정재규는 대청마루로 올라서는 두 동생에게 것질렀다. 정도규는 큰형의 얼굴에 경계의 빛이 스쳐 가는 것을 보았다.

"도규 재주 용헐 것 없소. 내 헐 일은 다 해 놓고 따질 것은 따지자고 맘 바꾼 것잉게."

148

정상규는 문중 어른들까지 다 들으라는 듯 큰 소리로 맞대거리
했다.

"그려, 그래야제. 니가 효자다."

"그렇제, 양반뼈가 달리 양반뼈간디?"

문중 어른들이 반색을 하며 방에서 대청마루로 몰려나오고 있
었다.

어찌어찌 하루씩을 넘기고 5일장을 치러 냈다. 산소에서 돌아
오면서부터 벌써 정재규와 정상규의 모습은 대조적이었다. 정상
규는 얼굴에 생기가 도는데 정재규는 얼굴을 잔뜩 찌푸리고 있
었다. 정도규는 두 형의 그런 모습을 보며 마음이 무거웠다.

정도규는 자신의 입장을 냉정하게 생각해 보았다. 자신도 재산
이 필요했다. 대학 공부도 해야 하고, 아이들도 태어날 것이고, 마
음에 두고 있는 일도 많았다.

"성님, 인제 내 논 문서 내주시오!"

정상규가 대청마루에 걸터앉으며 토한 말이었다.

"니가 사람이냐? 삼우제나 지내고 나서 말을 꺼내야제."

정재규가 버럭 소리 질렀다.

"아니, 또 뒤로 미루자는 것이오? 그런 더러운 뱃보 가진 성님
은 사람이오! 당장 땅문서 안 내놓으면 가만 안 있겠소."

"못 내놓겠다. 어쩔 것이냐!"

"뭣이여!"

"아이고 성님들, 어째 이러시오? 아랫것들이 다 보고 있소."

정도규는 황급히 두 형 사이로 들어섰다. 하마터면 작은형이 큰형에게 덤벼들 뻔했던 것이다. 하인들은 아무 기척 없이 집안을 치우기만 하는 것 같아도 속눈으로 다 지켜보고 있었다.

"저녁이나 먹고 나서 보자."

정재규가 침을 뱉으며 돌아섰다.

"제길, 욕심대로 안 될 것잉마."

정상규도 침을 내뱉으며 고개를 틀었다.

저녁을 먹은 뒤에 정상규가 다시 그 이야기를 꺼냈다.

"여러 말 헐 것 없소. 아부님 유언대로 반의반은 내 몫인께 당장 땅문서 내놓으시오."

"니 귀먹었냐? 아까 말헌 대로 삼우제나 지내고 보잔 말이여."

"참말로 이럴 것이여!"

정상규는 버럭 소리치며 손바닥으로 방바닥을 내리쳤다.

"큰형님, 한 가지만 묻겠어요. 지금도 논밭을 다 큰형님이 갖고, 작은형님과 저는 반의반에 해당하는 소출만 받으라는 생각에 변함이 없지요?"

정도규는 차분하게 물었다.

"그것이 순리고 이치에 맞다."

정재규의 당당한 대꾸였다.

"아부지께서 유언을 안 하셨으면 장자 상속에 맞춰 그리하는 것이 이치에 맞을 수도 있겠지요. 허나 아부지께서는 농토의 절반을 큰형님께, 나머지 절반의 반씩을 작은형님과 저에게 상속한다고 유언하셨습니다. 그 유언대로 하는 것이 이치에 맞지요. 헌데 큰형님은 유언을 거역하면서도 순리와 이치를 내세웁니다. 그것을 바로잡자면 작은형님과 제가 힘을 합쳐 문서를 뺏을 수도 있습니다."

"뭣이라고! 니, 니 누구를 협박허는 것이냐, 시방?"

정재규는 막냇동생의 말허리를 자르며 목소리가 갈라지도록 고함을 질렀다.

"그러지 말고 말이나 다 들어 보고 화를 내든 어쩌든 하세요."

정도규는 냉정한 눈초리로 큰형을 쏘아보았다.

"그따위 버르장머리 없는 소리 들으나 마나여!"

정재규는 겉으로는 목청껏 소리를 높이면서도 속으로는 실수를 깨닫고 있었다. 막냇동생의 싸늘한 눈초리는 자신을 비웃는 것이 분명했고, 그 말도 그렇게 하겠다는 단정이 아니라 그럴 수도 있다는 가정일 뿐이었다.

"더 들어 보세요. 저는 재산을 놓고 형제들이 원수처럼 되는 것을 바라지 않아요. 그래서 한 가지 방안을 생각했어요. 아부지께서 유언허신 제 몫에서 반을 큰형님한테 드릴 것이니 이 문제를 원만하게 결말지으면 좋겠다는 겁니다. 큰형님 생각은 어떠세요?"

정도규는 담담한 목소리로 말을 끝냈다.

"니 그것 참말이여?"

정재규는 놀라서 되물었고,

"도규야, 니 미쳤냐!"

정상규는 눈을 부릅뜨며 외쳤다.

"예, 참말이지요. 허나 작은형님한테까지 그것을 요구하진 마세요. 제가 이렇게 큰형님을 대접했는데 또 일을 미루면 그땐 아까 말한 대로 작은형님하고 힘을 합칠 수밖에 없어요."

정도규는 앞뒤로 말뚝을 박았다.

"그려, 니 생각 아주 좋다."

이 말은 정재규가 아니라 정상규가 한 것이었다. 정도규는 작은형이 너무 속을 드러내는 것이 경멸스러워 눈길을 돌렸다.

"그려, 도규 니 말 잘 알아들었다. 근디, 토지조사사업을 당해 전답 안 뺏기고 지키느라 반년이 넘도록 얼마나 애를 쓰고 비용도 얼마나 많이 들었는지 상규 니도 잘 알 것인디? 나도 인제 재산을 분배헐 맘이 있는디, 니도 무슨 생각이 있어야 헐 것 아니겄냐?"

정재규는 작은동생에게 뻔뻔스럽도록 여유 있게 투망을 던졌다.

"뭣이요? 나보고도 도규처럼 절반을 내놓으란 것이오!"

정상규는 기운 센 가물치가 물을 박차는 것처럼 튀어 올랐다.

"꼭 절반을 말허는 것이 아니다."

정재규는 투망을 급히 끌어당기지 않고 느긋하게 어르고 있었다.

"절반이 아니면, 절반에 절반을 내놓으란 말이오?"

정상규는 성질 급하게 푸득거리면서 오히려 투망에 감겨들고 있었다. 정재규는 속으로 무릎을 치면서도 짐짓 감정을 눌렀다.

"그것이야 내가 말헐 것이 아니고, 거기까지 생각이 돌았으면 니가 알어서 맘을 정헐 일이다. 밤새 생각혀서 낼 아침에 결말짓 도록 허고, 다들 피곤헌께 그만 자도록 허자."

정재규는 자리를 털고 일어섰다. 그는 어느새 투망을 다 끌어 당긴 셈이었다.

"더 생각허고 말고 헐 것 없소. 나는 한 마지기도 안 내놓을 것 잉께!"

정상규는 부르르 떨며 소리쳤다. 그러나 정재규는 들은 척도 하지 않고 방을 나가 버렸다.

"요런 등신아, 니는 어찌 그리 뒤가 무르냐! 니 때문에 나까지 되감기게 생기지 않았냔 말이여?"

정상규는 화가 이글거리는 눈으로 동생 도규를 타박했다.

"작은형님, 절반의 절반을 내놓고라도 어서 결말을 짓는 것이 이득입니다. 왠지 아세요? 큰형님 손에 문서가 오래 있을수록 노름으로 땅은 자꾸 축나요. 땅이 다 없어질 때까지 고집만 부릴 건가요?"

정상규는 동생의 말에 가슴이 섬뜩해졌다. 사실 형의 노름은 진작부터 소문이 난 터였다.

"그려, 성이 노름질에 미쳐 돌아가고 있는 것이야 나도 다 안다."

"그러니 여러 말 할 게 없어요. 절반의 절반을 내놓고라도 어서 일을 결말짓는 것이 좋단 말이오. 땅문서를 손에 쥐어야 그게 형님 재산이지 고집만 부리다간 헛껍데기만 남게 돼요. 작은형님 몫을 찾게 되면 그것으로 만석꾼 재산 또 만들 수 있잖아요?"

정도규는 작은형이 큰형과 타협할 수 있는 방안을 넌지시 일깨우는 한편 만석꾼의 꿈까지 꾸도록 작은형의 욕심을 긁어 주고 있었다.

"근디 내 몫에서 절반의 절반만 주면 일이 끝날까나?"

정상규는 동생을 응시하며 불안해했다.

"맘만 정하면 내가 나서서 일을 결말짓도록 하겠소."

정도규는 작은형의 마음을 꿰뚫으며 자신만만하게 말했다.

"알겠다, 그리 맘 정허겄다!"

정상규는 화투짝을 치듯 궐련갑으로 방바닥을 쳤다.

"잘 생각했소."

정도규는 큰 짐을 부려 놓는 기분으로 작은형을 바라보며 고개를 끄덕였다.

정도규는 아침 일찍 큰형을 따로 만났다. 작은형이 마음먹은 바를 미리 귀띔해 일을 쉽게 처리하려는 것이었다.

"상규 생각이 그렇다면 나도 여러 말 않겠다. 니가 새중간에서 애를 쓰기도 허고."

정재규는 마지못한 척 대꾸했다. 그러나 속으로는 적이 만족하고 있었다. 힘 하나 들이지 않고 자신이 바라던 대로 일이 풀린 것이었다.

정도규는 앞에 놓인 땅문서를 물끄러미 내려다보고 있었다.

"도규 니는 일본으로 유학 갈 생각 변허지 않았냐?"

정재규가 말머리를 바꾸었다.

"예, 가야지요."

정도규는 고개를 들어 큰형을 바라보았다.

"일본 유학이면 일이 년도 아니고, 그간에 니 재산은 천상 내가 맡아 줘야 되겠구나?"

정도규는 가슴이 철렁했다. 큰형이 자신에게 순수하게 관심을 쓰는 줄 알았는데 그게 아니었던 것이다.

"걱정해 주시는 건 고맙지만 제가 관리하겠어요. 저도 그만한 나이는 됐으니까요.”

정도규는 완곡하게 그러나 확실하게 잘라 말했다. 어물거리다가 큰형에게 말려들고 싶지 않았다.

“알았다, 알아서 해라.”

정재규는 궐련갑을 들고 일어나 버렸다.

정재규는 홀가분한 기분으로 군산으로 나갔다.

“나 나왔네. 나락을 처분할 참이시.”

장덕풍의 가게 앞에 잠깐 발을 멈춘 정재규가 던진 말이었다.

“아이고 나리, 요새 나락 값이 아주 좋구만요. 왜상들도 드글드글허고라우.”

장덕풍은 코가 땅에 닿을 지경으로 굽실굽실하며 귀에 단말을 풀어냈다.

“나 사쿠라에 가 있겠네.”

정재규는 장덕풍의 입에 발린 장사치의 거짓말을 탓하지 않고 돌아섰다. 추수 끝난 지 얼마 안 되어 나락이 한창 쏟아져 나올 때라 시세가 좋을 리 없었던 것이다.

“얼마나 처분허실랑게라?”

장덕풍은 허리 굽힌 채 따라붙으며 정재규를 치올려 보았다.

“시세 따라 조절혀야제.”

정재규는 걸어가면서 대꾸했다.

"시세야 양에 따라 저울질되는디요?"

장덕풍은 정재규의 만석을 통째로 삼키고 싶은 욕심이 발동하고 있었다. 정미소도 차렸겠다, 미곡상도 겸하게 된 마당에 예전처럼 거간꾼 노릇을 할 이유가 없었다. 그러나 정재규에게는 미곡상을 시작했다는 말은 싹 감추었다.

"자네 말대로 값이 좋기만 허면 한자리에서 다 치울 수도 있제."

정재규는 그동안 몇 년 해 본 솜씨로 슬쩍 미끼를 던졌다.

"알겄구만이라우. 값 높이 지르는 놈들로 골라 후딱 갈 것잉게 구전이나 톡톡히 내리씨요 이."

장덕풍은 말꼬리에 꽁 힘을 박았다. 그의 머릿속에는 만석을 통째로 삼킬 방도가 짜여지고 있었다. 시세보다 값을 좀 더 쳐주더라도 만석을 한꺼번에 몰아 잡아 네댓 달만 묵혀 두면 많은 돈이 남게 되어 있었다. 게다가 정미소까지 하는 마당이니 거기서 또 이문이 떨어질 것이었다.

정재규는 집에도 가지 않고 고급 술집에 진을 치고 앉아 이틀 동안이나 미곡상들과 밀고 당기는 흥정을 했다. 장덕풍 손에 놀아나는 줄도 모르고 5천 석을 판 그는 돈 보따리를 인력거에 싣고 술집을 떠났다.

깊은 밤, 검은 그림자들이 정재규네 높은 담을 넘고 있었다.

그림자들은 사랑채 마루로 성큼성큼 올라섰다. 그림자 하나가
방문을 흔들었다. 방문은 안으로 걸려 있었다. 그림자는 방문을
더 세게 잡아 흔들었다.

"누, 누구여, 누구여!"

겁에 질린 소리가 방에서 울렸다.

"누군 누구여, 밤손님이제. 정재규, 얼른 방문 따!"

낮으나 위압적인 그림자의 말이었다.

"불이야, 불이야아아!"

갑자기 방에서 터져 나온 소리였다. 도적이야 하면 사람들이 숨고 불이야 하면 사람들이 모이기 때문에 도둑이 들면 불이야 하고 외쳐야 한다는 것을 정재규는 그 위급함 속에서도 생각해 낸 것이었다.

"잘들 지켜!"

그림자가 명령하며 어깨로 방문을 떠다밀었다. 방문이 우지끈 떠밀리며 열렸다.

"아이고메 나 죽네!"

방에서 울린 절망적인 소리였다.

방으로 뛰어든 그림자가 방구석에 몰려 있는 정재규의 멱살을 틀어잡으며 칼을 들이댔다. 다른 그림자 하나가 또 방으로 들어섰다.

"얼른 돈 내놔!"

"없는디요, 돈 없는디요."

"나락 처분헌 돈 있는 것 다 알고 왔어."

그림자가 칼끝을 목에 디밀었다.

"사, 살려 주씨요. 저기, 저기, 벽장에……."

칼끝이 목에 닿는 섬뜩함에 정재규는 있는 대로 목을 뒤로 젖히며 숨이 넘어가고 있었다.

돈 보따리는 고스란히 그림자들 손으로 넘어갔다. 두 그림자는 익숙한 솜씨로 정재규를 뒷결박 짓고 다리까지 묶었다. 입도 틀어막아 버렸다.

새벽녘에야 하인들의 손에 결박이 풀린 정재규는 뒤늦게 열이 뻗쳐 펄펄 뛰었다.

"요런 팔푼이들아, 내가 소리를 질러도 못 듣고, 도적놈들이 방문을 때려 부숴도 모르고 잠을 자! 그러고도 삼시 세 끼 비싼 밥을 처먹고 살어! 나가, 당장 짐 싸 들고 나가!"

정재규는 하인들을 곧 잡아 죽일 것처럼 눈에 불을 켜고 날뛰다가 아침밥도 먹지 않고 군산으로 내달았다.

"니놈이 밤에 도적 떼로 변했지! 내가 나락 처분헌 것 니놈밖에 모른다. 당장 내 돈 내놔라!"

정재규는 다짜고짜 장덕풍의 멱살을 틀어잡고 소리쳤다.

"나리, 나리가 5천 석 처분헌 것이야 군산 바닥에 쫙 퍼졌는디, 어째 이러시오?"

성질대로 하자면 같이 멱살잡이를 하고 싶었지만 장덕풍은 뒤를 생각해서 꾹 참았다.

"이놈아, 잔말 마라. 영축 없이 니놈이 헌 짓이여. 가자, 경찰서로 가!"

"경찰서요? 갑시다."

정재규는 장덕풍을 경찰서로 끌고 가서 어젯밤에 든 도둑놈 목소리와 장덕풍의 목소리가 똑같다고 고발했다. 장덕풍은 일단 유치장에 갇혔다.

정재규는 집을 뛰쳐나올 때는 장덕풍이 틀림없다고 생각했는데 경찰서를 나오면서는 왠지 그 생각에 자신이 없어졌다.

장덕풍은 두어 시간 만에 풀려났다. 무혐의에다가 아들이 경찰이었다. 그는 경찰서를 나서며 히죽히죽 웃었다. 장덕풍은 정재규에게 감정을 갖는 것이 아니라 그가 가지고 있는 나머지 5천 석을 다시 몰아 잡을 궁리를 하고 있었다.

7

떼도둑 소문

토지조사사업은 숱한 사고와 말썽을 일으키면서도 줄기차게 진행되었다. 면 소재지에서 시작된 그 사업은 해가 바뀌면서 변두리나 산골 오지까지 퍼져 나갔다.

어른들의 시름 깊은 한숨이 겨울 찬바람 아래로 깔리는 데 비해 아이들의 노랫소리는 바람을 타고 멀리멀리 퍼져 나갔다. 아이들은 어른들의 시름겨운 마음을 위로라도 하듯 머지않아 명산의 정기를 타고난 여덟 장수들이 나타나리라는 노래를 지치지도 않고 불렀다.

여덟 장수 노래와 함께 떼도둑 소문이 돌았다.

"그 떼도적이 또 만경 정 부자 집을 털었다는 얘기 들었는가?"

"이, 5천 석을 처분헌 돈 뭉텅이를 몽땅 털렸다대."

"아이고메 시원헌 거!"

"근디, 그 떼도적이 부잣집만 골라 턴 것이 여러 번 아니라고?"

"긍게 말이시. 익산 문 부자, 부안 최 부자에 만경 정 부자까지 털었으니."

"그 도적들이 위에서부터 훑어 내려오고 있구마. 곧 우리 동네 김 부자도 당허겄구마."

"예사 도적이 아니라드마. 그전에 동학군이 산으로 쫓겨 들어가 만든 활빈당 안 있드라고? 이번에는 의병 허든 사람들이 나섰다는 소문이여."

"허! 그러면 장헌 일이제. 숨 막히고 꽉꽉헌디 말만 들어도 살 것 같네."

이런 말들은 바람만큼 빠르게 퍼졌다.

어른들의 관심이 큰 만큼 아이들도 그 소문에 한몫 끼어들었다.

"그 도적들이 나쁜 도적이 아니라 좋은 도적이라는 것이여."

"그려, 부자들 돈만 털어서 우리같이 가난헌 사람들을 도와준다더라."

"근디 그 도적들은 아무리 높은 담도 손 안 짚고 넘고, 방문을 아무리 단단히 잠가도 그냥 꽉꽉 열고, 축지법으로 하룻밤에 몇 백 리를 간다더라."

담장 너머에서 들려오는 아이들의 조잘거림에 귀를 기울이던 신세호는 생각 깊은 얼굴로 돌아섰다. 아이들의 조잘거림에는 아이들다운 호기심이 넘쳤고, 어른들을 앞지르는 소망이 담겨 있었다. 아이들이 여덟 장수를 기다리는 마음은 왜놈을 무서워하면서도 미워하는 마음이었고, 왜놈을 몰아내고 살기 좋은 세상이 오기를 바라는 마음이었다. 그 마음은 어른들이 무엇을 해야 되는지 일깨우는 가르침이기도 했다.

신세호의 귓전에 공허의 말이 들렸다.

"조선 사람헌티 가장 중헌 일은 강도질당헌 나라를 되찾는 일 아니겠는게라우? 근다고 맨주먹으로 나설 수야 없제라. 화승총에 죽창 든 의병들이 절딴 나는 것을 환히 봤응께요. 인제 싸울 채비를 단단히 해야제라. 선생님은 따로 허실 일이 있응게 소승이 허는 일에는 맘 쓰지 마시고 모른 척허시씨요."

비밀결사를 조직한 공허가 한 말이었다. 그는 비밀결사가 몇 명이고 어떤 사람들인지 아예 입에 올리지 않았다. 자신을 그 일에 연관시키지 않고 안전하게 해 주려는 뜻이었다.

지금 생각해도 민망하고 부끄러운 일이었다. 공허가 받아들이든 받아들이지 않든 자신도 그 일에 가담하겠다고 나섰어야 했다. 그런데 공허의 말을 따라 그야말로 모른 척하며 넘어가고 말았다. 어차피 의병에도 나서지 못한 주제지만, 사람을 고르는 공허의 엄격하고 단호한 태도 때문에 그런 뜻을 밝힐 엄두를 내지 못했는지도 모른다.

신세호는 그 떼도둑이 바로 공허가 이끄는 비밀결사일 거라고 생각했다.

한편, 공허는 재빠른 눈짓으로 주위를 훑고는 어느 초가로 들어갔다.

"아이고 스님, 오시능마요."

장독대 옆 수채에서 그릇을 부시고 있던 여자가 공허를 반겼다.

"무고허셨소? 손 샌은 왔소?"

공허의 목소리도 낮았다.

"야아, 드시제라."

여자가 서둘러 앞장섰다. 그 여자는 손판석의 아내 부안댁이었다.

"아짐씨 고생이 덜해 좋구만요."

"야아, 덕분에⋯⋯."

공허의 말은 움막 벗어나 초가삼간이나마 집을 장만한 것을 말하는 것이었다.

"아이고 스님, 만경 일은 잘 되셨는게라?"

손판석은 밥을 먹다 말고 몸을 일으켰다.

"아주 깨끔허니 잘 되았소."

"헌디, 그 집에서 또 5천 석을 처분허기로 되았는디요?"

"개도 물린 자리를 두 번 물리지는 않소."

공허는 느릿하게 고개를 저었다.

"그 집 말고 또 한 집이 쌀을 처분허기는 허는디……. 고것이 왜놈이란게라."

"왜놈?"

공허의 허리가 곧추섰다.

"야아, 저기 김제 죽산면에 터 잡은 하시모토란 놈이구만이라."

"왜놈이 즈그 연줄로 쌀을 실어 내지 않고 미곡상에 처분헌다니 무슨 소리요?"

공허의 얼굴에 의심의 빛이 드러났다.

"야아, 그놈은 큰 회사에서 차린 농장 지배인이나 농장장이 아니라 지 혼자 농토를 장만해 지주 놀이를 하는구만요."

"혼자 지주 놀이를? 고놈 참 배포 좋고, 별종이시? 되았소. 요번에는 그놈이오."

공허는 얼굴도 모르는 그자에게 순간적으로 적개심을 느꼈다.

"괜찮을게라? 왜놈인디……."

"왜놈도 맛을 봬야 허요. 조선 땅에서 난 쌀은 다 조선 사람들 것잉게."

"그럼 잘 살피도록 허시씨요."

손판석의 목소리가 침울해졌다. 그는 공허가 군자금 모을 집을 정할 때마다 자신이 다리병신이라는 비애를 사무치게 느꼈다.

"알겠소. 서가 놈은 잘 놀아나고 있소?"

공허가 말하는 서가는 서무룡이었다.

"야아, 부두가 지 세상이제라."

"그놈이 저도 모르게 세우는 공이 크요. 그놈이 활개 치고 잘 놀아날수록 써먹을 데가 많아진께 더 얼크러지면서 한패가 돼야 허요."

"알겠구만요. 염병헐 놈이 수국이 소식을 불쑥불쑥 묻는 통에 간이 철렁철렁허능마요."

"허! 수국이헌티 반허기는 오지게 반했는갑소. 나 이만 뜰라요."

공허가 튕기듯 몸을 일으켰다.

밖에는 어둠이 짙게 드리워 있었다. 손판석은 사립 앞에서 공허를 말없이 배웅했다. 공허의 먹물옷은 곧 어둠 속으로 묻히고 말았다.

'이러다가 삼출이고 송 대장님이고 영영 못 만나는 것 아닐랑가……?'

손판석은 한숨을 내쉬었다. 그리움과 함께 가슴이 먹먹해졌다.

부두에서 십장 노릇을 하게 될 줄은 꿈에도 몰랐다. 서무룡이 아니라면 꿈도 꿀 수 없는 자리였다.

"다리가 무슨 흉이다요? 뙤놈들허고 싸우다 다친 것잉게 되레

남들보다 용맹스럽고 쌈 잘헌다는 자랑거리제라. 그리고 무슨 일 생기면 나헌티 말만 허시씨요."

서무룡이는 뒷줄이 든든했다. 그가 어떻게 해서 그렇게 되었는지 알 수는 없었다. 그가 인사불성이 되도록 취했을 때 슬그머니 물어보기도 했다.

"모르는 것이 약이오, 약."

서무룡이는 번쩍 정신이 들어 눈을 희뜨며 같은 말만 되풀이했다.

서무룡이는 경찰서와 헌병대 양쪽에 다 선이 닿는 것 같았다. 그런데도 예전과 다름없이 막일꾼일 뿐이었다. 그러나 사흘이 멀다 하고 제멋대로 일터를 바꾸었다. 쌀가마니를 부두에서 배로 옮기는 등짐판에 끼기도 했고, 나락을 열차에서 하역하는 판에 끼어드는가 하면, 쌀가마니를 창고에서 부두로 져 내는 일꾼들 사이에 섞이기도 했다.

그는 발 넓게 돌아다니는 만큼 아는 것도 많았다. 언제 어느 배에 쌀이 얼마나 실린다는 것부터 누가 누구하고 어느 술집에서 싸웠다는 시시콜콜한 것까지 알고 다녔다. 그러니 어느 날, 어느 부자의 나락 몇 섬이 거래되어 어느 창고로 들어간다는 것쯤 모를 리 없었다.

그러나 차츰 주위 사람들은 서무룡이 끄나풀이라는 것을 알아

차리는 것 같았다. 잘못하면 자신도 서무룡이와 같은 사람으로 손가락질당하기 십상이었다. 그러나 그런 말은 공허에게 꺼낼 수조차 없었다. 공허가 하는 일에 비하면 그런 것은 하찮은 일이었다.

어둠 속에서 그림자 넷이 재빠르게 움직였다. 담 쪽으로 몸을 바짝 붙이고 기민하게 이동하던 그림자들이 어느 집 모퉁이에 멈춰 섰다.

"요 집이오. 여기는 주재소가 가까운게 더 조심해야 허요."

그림자 하나가 낮은 소리로 말했다.

"자, 시작헙시다. 왜놈 집이라 울타리가 판자 울잉게 소리 안 나게 잘해야 허요."

그림자들은 차례로 판자 울타리를 넘기 시작했다.

네 그림자는 마당을 걸어 집 앞으로 재빨리 다가가고 있었다.

땅!

"꼼지락 말어, 순사다!"

"우고꾸나 웃쏘(꼼짝 마라 쏜다)!"

공허는 함정에 빠졌음을 직감했다.

"내빼, 내빼, 내빼!"

공허는 정신없이 외치며 내닫기 시작했다. 다른 그림자들도 후닥탁탁 튀며 흩어졌다.

"쏴라, 쏴라!"

탕, 타당 탕탕……

총소리들이 어둠을 뒤흔들었다. 여기저기서 개들이 짖어 대기 시작했다.

공허는 판자 끝을 잡는 것과 동시에 몸을 날려 울타리를 넘었다.

"아이고메……!"

비명 소리가 터졌다. 내달리려던 공허는 주춤했다. 누군가가 총을 맞은 것 같았다.

탕탕, 타당 탕……

총소리에 막혀 공허는 도로 울타리를 넘어갈 수 없었다. 어둠 저만치에서 누군가 달아나는 소리가 들렸다. 판자 울타리 사이사이로 불빛이 번뜩거렸다. 횃불이었다. 그리고 골목으로 뛰어나오는 구둣발 소리가 요란하게 울렸다. 더 지체할 수가 없었다. 공허는 주저하는 마음을 짓밟으며 마구 달리기 시작했다.

"저기다, 저기 도망간다!"

"잡아라! 쏴라, 쏴!"

조선말과 일본말 외침이 총소리에 뒤섞이고 있었다.

공허는 어둠을 방패삼아 줄기차게 내달렸다. 얼마나 오래 달렸는지 모른다. 총소리가 들리지 않았다. 총소리가 들리지 않을 정도면 그놈들과는 꽤나 거리가 멀어진 것이었다. 그러나 안심할 수는 없었다. 그놈들이 총을 쏘지 않고 뒤쫓아 오는지도 모를 일이었다. 의병 토벌에서 한두 번 당한 게 아니었다.

공허는 속도를 줄였을 뿐 뛰기를 멈추지 않았다. 날이 밝기 전까지 50리 밖으로는 벗어나야 했다. 먼동이 트면 그놈들은 가까운 동네부터 뒤질 것이 분명했다.

'어떻게 된 일일까……? 순사 놈들이 먼저 매복을 하고 있다니…….'

다소 여유를 찾은 공허는 계속 뛰면서 생각했다.

어제 낮, 그 집을 반나절 동안 둘러볼 때만 해도 아무 낌새도 없었다. 그 흔한 개도 한 마리 없었고, 남자 하인도 눈에 띄지 않았다. 일을 시작하기에 딱 알맞다고 판단했다.

그런데 순사들은 돈을 털러 오기를 기다리고 있었다…….

'그럼, 하시모토란 놈이 5천 석을 처분한다는 것부터 거짓말 아닌가! 그럼, 손판석이 나를 둘린 것인가……? 아니제, 손판석도 그놈들 거짓말에 둘린 것이겠제. 하면, 손판석을 의심허면 내가 벌 받제.'

왜놈들이 자기들을 잡으려고 그런 간계를 꾸몄다고 생각하니 등골에 찌릿찌릿 전율이 일었다.

어둠 속에서 물소리가 가늘게 들려왔다. 공허는 둔덕을 더듬어 내려가 이가 시리도록 차가운 물을 벌컥벌컥 들이켰다. 정신이 말끔해진 공허는 머리에 동인 수건을 풀어 낯을 닦으며 둔덕 위로 올라섰다. 혹시 중이라는 게 드러날까 봐 일을 나설 때는 언제나 민둥머리가 다 가려지도록 수건을 둘렀다. 옷도 농사꾼 옷으로 갈아입었다.

공허는 수건을 다시 머리에 동여매며 사방을 유심히 살폈다. 어디인지 알 수가 없었다. 그저 한 삼사십 리 달려온 것이 아닐까 싶었다. 그렇다면 금산사가 멀지 않았다. 그러나 내일이면 금산사에도 순사들의 발길이 미칠 수 있었다. 그리고 농군 옷을 입고 갑자기 나타나면 금산사의 그 많은 중들에게 무슨 일을 저질렀다는 것을 광고하는 것이나 다를 게 없었다. 이제 중들은 믿을 수가 없었다. 의병이 한창 일어날 때만 해도 중들은 거의가 우국충정을 가지고 있었다. 그래서 중들만으로 의병대를 만들 수 있었고, 의병대들이 산속 절에서 이모저모로 도움을 받을 수도 있었다. 그러나 총독부의 위세가 천하를 흔들고, 사찰령이 공포되면서 중들의 태도는 달라졌다. 절마다 수도에 용맹정진한다는 바람이 불면서 중들은 세상의 고통을 외면하고 득도 정진에 열성인 척했던 것이다. 그리고 주지들은 노골적으로 총독부가 베푸는 혜택을 받으려 들었다. 그 혜택은 토지조사사업에서 나타났다. 양반 지주들이 보호를 받은 것처럼 절의 논밭도 보호를 받았다. 뿐만 아니라 총독부가 강탈한 역둔토를 암암리에 배당받아 절들은 오히려 재산이 불어났다. 총독부는 농토를 미끼로 불교계를 장악해 나갔고, 중들은 왜놈을 위해 목탁을 치는 친일배로 변해 가고 있었다.

공허는 어디로 갈까 생각했다. 동이 트기 전에 이삼십 리를 더 벗어나야 했다.

'그렇지, 거기를 찾아가면 되겠구나!'

공허는 불현듯 그곳을 생각해 냈다. 그곳은 수사망에서 벗어나 몸을 숨길 수 있는 안전한 곳이었다.

두 손바닥에 침을 퉤퉤 튀긴 공허는 다시 뛰기 시작했다.

어디선가 닭이 울었다. 공허는 사방을 둘러보았다. 동쪽 하늘에 새벽빛이 어리고 있었다. 어둠도 꽤나 묽어져 있었다. 그곳까지는 얼마 남지 않았다. 그러나 그 집에 들어갈 때 사람들 눈에 띄어서는 안 될 일이었다.

공허는 초가 뒤에서 뛰기를 멈추고 숨을 몰아쉬었다. 묽은 어둠에 묻힌 초가에는 인기척이 없었다. 공허는 나지막한 토담을 뛰어넘었다. 눈앞에 조그마한 봉창이 나 있었다.

공허는 봉창을 두들겼다.

"거기 누구다요!"

잠기라고는 전혀 없이 긴장된 목소리는 낮고 빨랐다.

"땡초 공허구만이라우."

잔뜩 억눌린 목소리는 쉰 듯 갈라져 나왔다.

"아이고메, 스님이!"

여자의 놀란 목소리였다.

송수익의 식구들이 모두 만주로 옮기기로 했다는 자신의 지어 붙인 말에 홍 씨는 몹시 낙담하는 눈치였다. 그 미안함 때문에 지나는 길에 잠시 들렀더니 홍 씨는 뜻밖으로 반가워했었다. 머지 않아 이사하게 된 것을 알릴 수 있어 더 반가워하는 것 같았다. 홍 씨가 이사를 가는 것은 자식 없이 홀로 된 과부가 시부모도 없는 시집과 인연을 끊는다는 뜻이었다. 그 신세가 가슴 아파 이사한 동네로 또 인사를 가지 않을 수 없었다. 처녀 아이 하나만 데리고 기와집에서 초가집으로 옮긴 홍 씨는 전보다 더 반가워했다. 무엇보다도 송수익을 입에 올리지 않는 게 다행이었다. 쉽게 잊을 리 없건만 그렇게 마음을 다스리는 모습이 고와 보였다.

공허가 방 앞 토방에 서자 방문이 열렸다.

"아니, 스님……!"

홍 씨가 놀랐다.

"야아, 쫓기는 몸이구만요."

공허는 머리에 두른 수건을 풀며 멋쩍은 듯 웃었다.

"어여 들어오시씨요."

홍 씨는 마루로 나서며 손짓까지 했다.

공허는 밝아 오는 새벽빛에 떼밀리듯 방으로 들어섰다. 온기와

178

함께 야릇한 냄새가 풍겨 왔다. 치자꽃 냄새처럼 쌉싸름한 것도 같고, 수국꽃 냄새처럼 어지러운 것도 같은 그 냄새는 혼자 사는 여자의 냄새였다.

"아랫목으로 앉으시씨요."

공허의 짚신을 윗목 구석에 놓으며 홍 씨가 자리를 권했다.

"야아……. 저어, 찬물 한 그릇……."

공허는 몹시 목이 타서 물을 청하지 않을 수 없었다.

홍 씨가 방을 나간 뒤에 공허는 방 안을 둘러보았다. 홍 씨의 옷매무새가 그렇듯 방 안 어디에도 잠을 자다 일어난 흔적은 없었다. 이불과 요를 서둘러 갠 것이었다.

방문이 열렸다.

"여기 꿀물 타 왔구만요."

홍 씨의 가늘고 하얀 손이 사발을 받쳐 잡고 있었다.

단숨에 꿀물을 들이켠 공허는 벌렁 드러누웠다. 그리고 코를 골기 시작했다.

"마님, 저것이 무슨 소린게라?"

늘어지게 하품을 하며 방을 나서던 처녀 아이가 눈을 휘둥그렇게 떴다.

"소리 낮추거라. 새벽에 공허 스님이 오셔서 주무신다."

홍 씨는 꾸짖는 얼굴로 이렇게 말했다.

"아이고 참말로 뻔뻔헌 스님이시요. 이 추운디 마님을 내쫓고 잠이 오는지 모르겄소?"

처녀 아이는 안방 쪽에 대고 눈을 흘겼다.

"못쓰겄다, 그 입! 얼른 아침밥이나 해라!"

홍 씨는 엄한 얼굴로 눈총을 쏘았다. 처녀 아이는 그 매운 눈초리에 서린 뜻을 알아채고는 부엌 쪽으로 걸음을 서둘렀다.

공허는 아침밥을 먹고 다시 잠들었다. 홍 씨는 행여나 하는 마음으로 사립 밖을 멀리 살폈다. 홍 씨는 공허에게 무슨 일로 쫓기고 있냐고 묻지 않았다. 공허가 쫓길 짓을 했다면 물으나 마나 의병 같은 일일 것이 뻔했다.

공허는 점심을 먹고 또 잠이 들었다. 쫓기는 사람 같지 않은 그 태평함에서 홍 씨는 커다란 바윗덩이 같은 실하고 든든한 남자를 느끼고 있었다.

공허는 고봉으로 푼 저녁밥도 남김없이 다 먹었다.

"논밭은 먹고살 만치 받었소?"

숭늉을 가지고 들어간 홍 씨에게 공허가 불쑥 물었다.

"예······."

홍 씨는 그저 간단하게 대답했다.

"나 곧 떠야 되겠소."

홍 씨는 고개를 들어 공허를 바라보았다. 그 사람은 새벽에 불쑥 나타난 승려 공허가 아니었다. 그저 머리를 깎았을 뿐인 보내고 싶지 않은 남자였다.

"나 또 오겠소."

공허가 몸을 일으켰다.

공허가 떠난 다음 홍 씨는 경대 서랍에서 마를 대로 마른 작은 솔가지를 꺼내 아궁이 속에 버렸다. 송수익이 만주로 떠나가며 무심히 떨구었던 그 솔가지였다.

한편 죽산면 주재소장은 궁지에 몰려 있었다. 이틀 동안 사방 사오십 리를 샅샅이 뒤졌는데도 꼬리가 잡히지 않은 범인들은 더 이상 잡을 가망이 없다는 것이 각 주재소장들의 결론이었다.

이렇게 되자 독 안에 든 쥐를 잡지 못한 책임은 죽산면 주재소장이 혼자 뒤집어쓸 수밖에 없었다. 범인들 넷 가운데 하나를 잡기는 잡았다. 그런데 그는 복부 관통상을 입고 혼수상태에 빠져 있다가 날이 새기 전에 숨이 끊어지고 말았다.

"그야말로 그물 속에 든 잉어도 아니고 손바닥 안에 든 사탕이었어요. 일을 그렇게 완전하게 꾸며 줬는데도 놓치다니, 대일본 제국의 경찰이 이게 말이 됩니까?"

하시모토의 노골적인 공박 앞에서 주재소장은 한마디 변명도 할 수 없었다.

"하시모토 상, 참 면목 없게 되었소. 이 일을 어쩌면 좋겠소?"

주재소장은 솔직하게 하시모토에게 굽히며 도움을 청했다.

"그걸 내가 어찌 알겠소? 내가 관할서장도 아니고 경찰청장도 아니잖소?"

하시모토는 냉담하게 외면했다.

주재소장은 그 일에 나선 것을 후회했다. 처음에 도둑놈을 잡기로 일을 꾸밀 때에는 실패는 생각지도 않았다.

"하시모토 상의 재간으로 그놈들이 울타리만 넘게 만드시오. 그다음은 내가 제까닥 해치울 테니, 으흐흐흐……."

주재소장은 하시모토가 바람을 넣은 대로 승진할 꿈에 들떠 큰소리를 쳐댔다.

어떻게 하면 역둔토를 불하받을 수 있을지 골몰하던 하시모토는 도둑놈들을 잡아 그 공을 이용하자는 생각이 문득 떠올랐다. 그는 곧 부두 일대에 헛소문을 퍼뜨리고 주재소장을 끌어들였다.

하시모토는 일을 망친 주재소장이 괘씸하기 이를 데 없었다. 도적을 잡은 공을 내세우면서 쓰지무라의 도움까지 받으면 역둔토를 욕심껏 불하받기는 어려운 일이 아니었다.

하시모토는 이번 기회에 주재소장까지 자기편 사람으로 바꿔 이 일로 본 손해를 벌충할 속셈이었다. 마음을 굳힌 그는 곧바로 군산으로 말을 몰았다.

사흘째 되는 날 주재소장은 김제경찰서에서 걸려 온 전화를 받았다. 그 사건에 대한 조사와 추궁이었다. 주재소장은 전화통에 대고 굽실거리면서 쩔쩔맸다.

"당장 본서로 오시오!"

이 말을 마지막으로 전화가 끊겼다. 출두 명령이었다.

"아이고, 이제 망했구나!"

주재소장은 수화기를 떨어뜨리며 의자에 털썩 주저앉았다.

8

뿌리 뽑힌 나무

"이놈들아, 누구 맘대로 남의 땅에 말뚝 박고 지랄이여? 이놈들아, 느그 죽고 나 죽자!"

괭이를 꼬나든 오 영감은 눈이 뒤집혀 치달았다.

"아니, 저 영감탱이가 이리 쫓아오지 않소?"

"그런디요. 괭이를 꼬나 잡았구만이라."

"정신 나가서 무슨 일 저지르는 것 아니오?"

"걱정 마시오. 분김에 저러는 사람이 어디 한둘이오? 저러다가도 우리허고 딱 맞대허면 풀이 죽어 그냥 돌아서게 되야 있소."

밭 가장자리를 따라 말뚝을 박던 네 사람이 저쪽에서 달려오는 오 영감을 바라보며 말을 주고받았다. 두 사람은 인부였고 다른 두 사람은 면서기와 이장이었다.

"이놈들아, 그 땅은 내 피고 살이여. 어디 죽어 봐라!"

오 영감은 소리치며 내달아 온 기세 그대로 괭이를 내리찍었다.

"어쿠쿠쿠……."

가슴팍을 찍힌 면서기는 숨넘어가는 비명을 토하며 그 자리에 곤두박였다.

"아이고메, 사람 잡네."

인부들은 들고 있던 말뚝과 나무망치를 내동댕이치고 내빼기 시작했다.

"이놈아, 니놈도 내 웬수여!"

오 영감은 우왕좌왕하고 있는 이장에게 덤벼들었다. 그 눈에 푸른 살기가 어려 있었다.

질겁한 이장은 후닥닥 도망쳤고 오 영감이 그 뒤를 쫓았다. 그러나 젊은 이장과의 사이는 점점 벌어졌다.

"아부니임, 아부니임—."

아까 오 영감이 왔던 쪽에서 여자가 목청을 뽑으며 달려왔다.

"벼락을 맞어 뒤질 놈들! 손바닥만 헌 종이 쪼가리 한 장 내던지고는 말 한마디 없다가 고것 안 냈다고 땅을 뺏어? 흉악헌 날도 적놈들!"

어깨가 늘어진 오 영감은 울듯 일그러진 얼굴로 중얼거렸다.

면서기는 신음을 흘리며 가까스로 몸을 일으켰다.

"이, 니가 안 뒤지고 아직 살았냐!"

오 영감은 눈에 다시 살기를 확 일으키며 괭이를 치켜들었다.

"아부님, 아부님, 안 되능마요. 참으씨요, 아부님."

여자가 숨 가쁘게 외치며 오 영감 앞으로 달려들었다.

"냅둬라, 저놈 죽이고 나 죽을란다."

오 영감은 며느리에게 잡힌 팔을 뿌리치려 했다. 그 며느리는 보름이었다.

"아부님, 삼봉이허고 지는 어찌 살라고 그런 말씀을 허시는게라?"

보름이는 아들 삼봉이를 앞세웠다. 시아버지가 세상에서 가장 애지중지하는 것이 삼봉이었다.

"그려, 삼봉이헌티 가야제."

오 영감은 주름투성이인 얼굴을 찡그리며 먼 데를 바라보았다. 굵은 주름살은 말할 것도 없고 자디잔 실주름살 가닥가닥에도 괴로움이 흐르고 있었다.

"아가, 저 땅은 아무도 손 못 대. 내가 없어도 맘 강단지게 먹고 삼봉이 잘 키워야 헌다. 알겠지야?"

"아부니임……."

보름이는 시아버지를 원망조로 부르며 눈물을 훔쳤다.

미처 반나절도 지나지 않아 순사들이 들이닥쳤다.

"니 알지야? 우리 삼봉이……."

등을 떼밀려 가는 시아버지가 몇 번이고 고개를 돌리며 다짐한 말이었다.

보름이는 이른 저녁밥을 해서 주재소를 찾아갔다. 그러나 면회를 시켜주지 않았다.

"만나지 못허면 이 밥이나 좀 전해 주씨요."

보름이는 몇 번이고 애걸했다. 그러나 순사는 그마저 끝내 들어주지 않았다.

다음 날 아침밥 때가 지나 오 영감은 마을로 끌려왔다. 하룻밤 사이에 오 영감의 몰골은 말이 아니게 상해 있었다.

순사들은 동네 사람들을 다 모이게 했다.

"에에, 잘들 들으시오. 토지조사사업을 하는 데 있어서 토지신고서를 기한 내에 안 낸 것도 죄요. 헌데 이 오영길이는 그런 죄를 지은 데다 공무를 집행하는 관리를 괭이로 찍어 죽이려 했소. 총독부가 추진하는 사업을 방해하고 관리를 살해하려고 한 흉악범은 법에 따라 엄벌에 처해야 하오. 일벌백계하기 위하여 오영길을 총살에 처함!"

주재소장이 카랑카랑하게 말했고 동네 사람들은 모두 얼어붙었다.

"저쪽 둔덕으로 끌고 가!"

주재소장이 손가락질하며 명령했다.

"아부님, 아부님! 우리 아부님을 살려 주시요, 살려 주시요."

보름이는 주재소장에게 매달리며 눈물을 뚝뚝 떨구었다.

"바까야로, 조센징!"

주재소장은 사정없이 보름이를 떠다밀었다. 보름이는 그대로 나뒹굴었다.

"살려 주시요, 우리 아부님 살려 주시요. 무슨 죽을죄를 졌다고⋯⋯."

허겁지겁 몸을 일으킨 보름이는 또다시 주재소장에게 매달렸다.

열이 치받친 주재소장은 니뽄도를 홱 뽑으며 소리쳤다.

"아니구만이라, 아니구만이라."

어느 여자가 부리나케 달려가 보름이를 주재소장한테서 떼어냈다.

그러는 사이에 오 영감은 둔덕 위 소나무에 묶였다. 주재소장은 칼을 휘두르며 둔덕으로 올라갔다.

곧 수건으로 오 영감의 눈을 가렸고, 순사 둘이 옆에 총을 하고 나란히 섰다.

"준비이잇, 발사!"

땅 땅 타당 탕.

"삼봉아아아……"

총소리에 휘말리는 오 영감의 외침이었다.

"아부니이임……"

사람들에게 붙들려 몸부림치는 보름이의 울부짖음이었다.

산골을 뒤흔든 총소리는 겹겹의 산줄기를 따라 울리고 되울리는 긴 메아리를 지으며 감감하게 멀어져 갔다. 사람들은 모두 고개를 떨군 채 굳어져 있었다.

장례라고 할 것도 없었다. 비명횡사라 시신을 집 안에 들여서는 안 된다고 했다. 동네 사람들이 나서서 다음 날로 출상을 했다. 보름이는 몸을 가눌 수가 없도록 서럽게 통곡했다.

그러나 보름이는 곧 서러움의 물결에서 헤어나지 않으면 안 되었다. 농사철이 다가왔는데도 농사지을 땅이 없었던 것이다. 다른 집들과는 달리 보름이네는 빼앗긴 밭을 소작으로 내주지 않았다. 죄인의 집이라는 것이었다.

그 산골 마을에는 집이 스무 가구 남짓이었다. 그 마을에 종이쪽이 한 장씩 돌려진 것은 네댓 달 전이었다. 아무 설명도 없이 돌린 그 종이쪽을 한문을 모르는 사람들은 아무렇게나 취급해 버렸다. 어떤 사람은 귀한 종이를 보자 담배를 말아 피웠고, 또 어떤 사람은 뒷간에서 써 없앴다. 기껏 간수 잘한 사람이라고 해야 처마 아래 댓살 사이에 찔러 두고는 까맣게 잊어버렸다. 그런데 그것이 마을 사람들 모두의 밭뙈기를 날아가게 만든 흉물이었다.

마을 사람들은 밭을 빼앗긴 다음에야 그 종이쪽지가 토지신고서라는 것을 알았다.

"그렇게 혼자 나서면 뭘 혀."

"긍게로. 죽는 사람만 불쌍허제."

마을 사람들은 단체로 항의를 하고 어쩌고 할 사이도 없이 오영감이 참살당하는 것을 보고는 그만 기가 질려 그런 뒷소리들만 소곤거렸다. 그들은 보름이네처럼 되지 않은 것만도 다행으로 여기는지 몰랐다.

"소작도 못 얻으면 어찌 살랑가? 토지조사국에 찾어가 사정을 좀 혀 보소."

여자들이 보름이를 걱정하며 내놓은 의견이었다.

"산 입에 거미줄 치겄소?"

보름이는 싸늘한 얼굴로 고개를 저었다. 남편을 죽이고 시아버지까지 죽인 그놈들은 철천지원수였다. 굶어 죽으면 죽었지 그놈들을 찾아가 소작을 달라고 애걸할 수는 없었다.

보름이는 밤잠을 잃은 채 앞일을 생각하고 또 생각했다.

'살길을 찾아 산골을 떠나야 하나……?'

그러나 막상 떠난다 해도 찾아갈 만한 데가 마땅치 않았다. 만주로 떠난 친정을 찾아가자 해도 어디인지 알 길이 없었다.

친정 말고 찾아가 볼 데는 딱 한 군데였다. 다리를 다쳐 만주로 못 뜨고 군산에 주저앉았다는 판석이 아재 집이었다.

보름이는 밤에 울다가 뒤척이다가 잠이 들었다. 꿈에 시아버지가 나타났다.

"아가, 삼봉이 잘 키울 데로 떠나거라. 내가 바라는 것은 삼봉이 잘 키우는 것뿐잉게로 어여 떠나. 삼봉이 잘 키워라 이."

하얀 옷을 입은 시아버지는 연상 떠나라는 손짓을 했다.

날이 밝자 보름이는 아들을 데리고 시아버지 산소를 찾아본 뒤에 마을을 떠났다. 낯모르는 동네에서 헛간잠을 자고 다음 날 친정 동네를 지나게 되었다. 몇 번 망설이다가 그냥 지나치기로 했다. 괜히 자신의 초라해진 몰골만 구경시킬 뿐이었다. 동생 정분이도 차차 만나기로 했다. 신세 험하게 된 언니가 동생네를 기웃거리는 것도 사돈집에 흠을 보이는 것일 뿐이었다.

그러나 동무 오월이는 만나기로 했다. 서로가 진작 신세 험하게 된 처지였고, 그냥 지나치면 언제 또 만날지 모를 일이었다.

"아이고메, 요것이 누구여? 무슨 바람이 불었다냐?"

아이를 업고 마당에서 빨래를 널던 오월이가 뛸 듯이 반가워하며 소리를 질렀다.

"아이고, 니 미쳤냐! 무슨 난리 당헐라고 이려?"

보름이는 질겁을 하며 안방 쪽을 향해 빠른 눈짓을 했다.

"체, 내가 전에 없이 맘 놓고 말허는 것을 봤으면 무슨 일이 일어났는지 척 알아야제."

오월이는 입가에 미묘한 웃음을 피워 내며 보름이를 빤히 보았다.

"그럼…… 느그 시엄니가 풍 맞었다냐?"

보름이는 놀란 얼굴로 물었다.

"풍이 아니라 노망잉게 사람 잡제?"

오월이는 한숨을 쉬며 쓰게 웃었다.

"그럼 니가 인제 임금님이다 이?"

보름이는 처녀 때처럼 활달해진 오월이에게 눈을 흘겼다.

"하이고, 날마다 똥빨래허는 임금님도 있다냐? 그나저나 똥빨래는 혀도 인제 사람 살겠다. 시집살이가 맵고 짜고 독허다 혀도 우리 시엄니 겉은 사람이 세상에 또 있을거나?"

오월이는 맘 놓고 말을 퍼질러 놓고는 고개를 내둘렀다.

"느그 시엄니가 시집살이를 오지게 당허고 살었을 거다. 니나 담에 그러지 말어라."

"니 시방 정신이 있냐 없냐? 요것이 머슴애가 아니라 가시네여, 가시네!"

오월이는 마땅찮은 표정으로 업고 있는 아이를 이쪽저쪽으로 마구 내둘렀다.

"아이고, 내가 그만……."

보름이는 헛나간 말을 쓸어 담을 수 없어 민망함에 얼굴이 붉어졌다.

"아이고메, 요놈의 가시네 때문에 시집살이당헌 것 생각허면 자다가도 치가 떨린다. 요것이 딸이라고 얼마나 구박을 허든지."

오월이는 씁쓰레한 웃음을 흘렸다.

"그래도 딸래미가 있는 것이 얼마나 다행이냐? 저러다가 시엄니 세상 뜨면 니 혼자 어찌 살 판이냔 말이여?"

보름이는 오월이를 위로하는 마음으로 말했다.

"하이고, 속 모르는 소리 허네. 이 가시네 없으면 바다 건너 하와이로 사진결혼 떠나제."

"뭣이여?"

보름이는 놀라움과 함께 반감이 생겼다. 아무리 친한 동무라 해도 이미 혼인을 한 오월이를 올케로 받아들일 수 없다는 생각이 든 것이었다.

"어째 그리 놀라냐? 처녀도 아닌 것이 느그 오빠 찾아갈까 봐 무서워서 그러지야?"

오월이는 보름이의 가슴 한복판을 정통으로 찌르고 들었다.

"아니, 아니여. 니가 하도 급작스레 말을 하니 안 놀라겠냐?"

보름이는 당황스런 기색을 애써 감추며 얼버무렸다.

"내가 미쳤다냐? 느그 오빠를 찾아가게. 요 가시네가 없고, 느그 오빠가 편지로 나를 불렀다 혀도 내가 어떻게 느그 오빠헌티 가겠냐? 맘 기댈 데 없응게 그냥 시답잖은 소리 혀 보는 것 아니겄냐?"

오월이는 한숨을 내쉬며 쓸쓸하게 웃었다.

"그래도 니는 나보다 낫다. 가슴에 묻어 두고 두고두고 생각헐 사람이라도 있고."

보름이는 오월이의 딸아이 머리를 쓰다듬어 주었다.

"그나저나 니는 무슨 바람이 불어 뜬금없이 걸음했다냐? 농사철이 코앞에 닥쳤는디."

오월이가 말머리를 돌렸다.

"우리 시아부님이 돌아가셨다. 왜놈들 손에……."

보름이는 연상 눈물을 훔치고 가슴을 눌러 가며 시아버지가 당한 이야기를 해 나갔다.

"아이고메 엄니, 어쩌끄나!"

시아버지가 총 맞아 죽는 대목에서 오월이는 글썽이던 눈물을 쏟았다.

"그럼 시방 군산으로 가는 참이여?"

오월이의 물음에 보름이는 고개를 끄덕였다.

"니나 나나 무슨 놈의 팔자가 요 모양이냐?"

오월이는 시름겹게 보름이를 바라보았다.

"우리처럼 팔자 뒤틀린 젊은 여자들이 어디 한둘이다냐? 다 세상이 잘못 돌아가다 봉게 그리되는 것이제."

보름이는 흘러내린 머리카락을 쓸어 넘기며 가늘게 한숨을 쉬었다.

"맞어, 왜놈들 세상만 안 됐어도 느그 오빠가 하와이로 팔려 갔을 택이 없제."

"그려, 나 인제 가 봐야 쓰겄다."

보름이는 마음 무겁게 일어섰다.

"니 미쳤냐? 밥이나 한 끼니 먹고 가야제."

오월이가 보름이의 치마를 잡아끌었다. 오월이의 얼굴에는 그냥 보내지 않겠다는 기색이 진하게 드러났다. 보름이는 가슴 찡한 정을 새삼스럽게 느꼈다.

오월이가 내온 밥은 쌀이라고는 없는 보리 잡곡밥이었다.

"니 나 때문에 너덧 끼니 죽거리 다 없앴는갑다."

"아이고, 궁상떨지 말고 맛나게 먹기나 혀라. 나 죽 먹고 안 산다."

오월이가 숟가락을 들어 보름이의 손에 쥐여 주었다. 보름이는 더 말없이 밥을 떴다. 밥을 본 삼봉이가 염치없이 덤벼들었다.

"니 군산 가면 먹고살아지겠냐?"

사립 밖으로 따라 나오며 오월이가 근심스럽게 물었다.

"가 봐야 알제."

보름이는 고개를 저으며 스산한 웃음을 지었다.

"농사 못 짓게 된 사람들이 가는 데가 군산이고, 거기서들 어찌 어찌 먹고살아지는갑드라. 손 샌을 찾아가면 어찌 되지 않겄냐? 가서 자리 잡히면 나도 좀 불러라. 우리 시엄니 세상 뜨면 여기서 뭘 바라고 혼자 살겄냐?"

오월이의 말은 갑작스러웠지만 그냥 지나치는 말이 아니었다.

"그려, 좋은 일자리가 생기면 좋겄다. 나 갈랑게 더 나오지 말어."

보름이는 업고 있는 아이를 추슬렀다.

길을 묻고 또 물어 보름이가 손판석네를 찾아든 것은 어둑어둑해진 다음이었다.

"그려, 오기는 잘 왔구먼. 자식 키워야 헝게 돈벌이를 허기는 혀야겄제. 어디, 일자리를 찾아보도록 허드라고."

보름이의 이야기를 다 들은 손판석이 분을 참아 내는 얼굴로 말했다.

"하먼, 어디 좋은 자리를 후딱 좀 구허씨요."

부안댁이 남편에게 다짐을 놓았다.

"한집안 식군디, 그래야제. 구해 보면 어디 쓸 만헌 자리가 있겄제."

손판석이 무겁게 고개를 주억거렸다.

보름이는 살갑게 대해 주는 손 샌 내외가 너무 고마웠다.

손판석은 하루 내내 생각해 보았지만 보름이에게 마땅한 일자리를 찾기가 쉽지 않았다. 부두 근방에서 여자가 돈벌이를 할 만한 일거리가 흔하지 않은 데다 보름이한테는 아이까지 딸려 있어서 더 문제였다.

십장으로 미선소 일자리를 구하기는 너무 쉬웠다. 그러나 미선소는 아예 외면해 버렸다. 수국이가 당한 일도 일이지만, 여자들의 몸을 샅샅이 더듬는 것을 생각하면 치가 떨렸다.

미선소를 접고 나면 막상 여자가 돈벌이할 자리는 찾기 어려웠다. 부두에도 여자들이 없는 건 아니었다. 그러나 '낙미쓸이'라고 부르는 여자들과 '창고쓸이'라고 하는 여자들은 차마 보기가 딱할 지경이었다.

낙미쓸이는 땅에 떨어진 쌀알을 쓸어 모으는 일을 했다. 하루에 수천 가마씩 실어 내다 보면 떨어지는 쌀도 꽤 많았다. 하루 동안 그 많은 쌀가마니들을 실어 내면 부두는 지저분해지게 마련이고, 떨어진 쌀알을 방치해 쥐 새끼들을 불러들이느니 낙미쓸이들을 두면 청소부를 따로 쓰는 비용을 들이지 않을 수 있었다.

창고쓸이 여자들도 마찬가지 이유로 쌀 창고를 드나들 수 있었다. 그 여자들은 쌀이 떨어지기가 무섭게 쓸어 담기 때문에 창고 바닥은 언제나 깨끗했다.

198

손판석은 고개를 저었다. 아이는 아내가 맡아 준다 하더라도 보름이에게 차마 그 짓을 시킬 수는 없었다.

손판석은 다음 날도 인부들을 단속하는 둥 마는 둥 하면서 일 거리 찾기에 마음을 팔았다. 삼출이를 보나 감골댁을 보나 보름 이가 살아갈 방도는 자신이 마련해 줘야 했다.

'눈 딱 감고 창고쓸이로 들앉혀서 한밑천 잡게 해 부러?'

손판석은 문득 이런 생각에 사로잡히기도 했다.

자신이 맡고 있는 창고에 보름이를 창고쓸이로 쓰는 것은 손바 닥 뒤집기만큼 쉬운 일이었다. 그리고 보름이가 매일 한 됫박 정 도의 쌀을 몸에 지니고 나가게 하는 것도 자신의 뜻에 달려 있었 다. 네댓 달만 그렇게 하면 단출한 장사 밑천은 마련할 수 있을 터였다.

"아재, 무슨 걱정거리 있으시오? 어제부터 아재 눈치가 요상스 러운디라?"

서무룡이는 그 불량기 도는 눈으로 손판석을 빤히 보았다.

"요놈의 다리가 살살 아파서 그렁마."

손판석은 눙치고 들며 얼굴을 찡그렸다.

"체, 눈치껏 살살 허씨요, 살살."

손판석은 어물어물 서무룡을 따돌렸다. 서무룡에게는 아무리 사소한 것도 속마음을 내비치지 않았다.

손판석은 그 일을 주기로 작정했다. 그 방법이 가장 안전하고 빠르게 보름이의 앞길을 열어 주는 것이었다.

저녁을 먹고 아이들을 재운 다음 손판석은 그 이야기를 꺼냈다.

"……그 일을 도적질이라고 생각헐 것 없다. 왜놈들은 자네 친정아부지를 죽인 셈이고, 자네 서방에 시아부지까지 죽였제. 그리고 땅까지 다 뺏어 자네를 요 모양으로 만들었네. 긍게 그 일은 왜놈들헌티 원수 갚는 것이다 그 말이여. 내 말 알아먹겄능가!"

손판석의 말은 단호하고 힘찼다.

"야아……."

"그냥 야아가 아니고 야물게 허겄어?"

"야아, 야물딱지게 허겄구만이라우."

보름이의 목소리에도 힘이 짱짱했다.

9

국민군단의 깃발

꼭꼭꼬오옥 꼬옥······.

장닭이 어디선가 목청을 뽑고 있었다. 방영근은 그 소리를 들으
며 끈적끈적 달라붙는 잠을 뜯어내고, 밖으로 나와 뒷간으로 걸
음을 옮겼다.

"아이 깜짝이야!"

갑작스러운 여자 목소리에 방영근은 고개를 치켜들었다.

"오늘도 일찍 일 나가나요?"

처녀가 얼른 말을 걸었다. 그러나 방영근은 들은 척도 않고 뚜
벅뚜벅 걸어갔다.

"흥, 귀가 먹었나?"

처녀는 제풀에 토라져 방영근의 뒤꼭지에 눈을 흘겨 대고는 고개를 홱 돌렸다.

"무슨 처녀가 비위짱이 저리도 좋은고……?"

비위짱이 좋아 사진결혼을 하겠다고 그 멀고 먼 바다를 건너왔을 거라고 생각하며 방영근은 뒷간으로 들어갔다. 또 오월이의 생그레 웃는 모습이 밟혔다. 칠팔 년이 지나도록 편지 한 장 띄우지 않았으니 오월이가 딴 남자에게 시집을 갔을 것은 보나 마나 빤한 일이었다.

오월이는 고사하고 집에도 소식 한 번 전하지 못한 칠팔 년의 세월은 지긋지긋하게 긴 것 같으면서도 한편으로는 어이없이 허망하기도 했다.

집에 소식을 전하지 못한 사람들은 너무나 많았다. 그들이 소식을 보내지 못한 이유는 거의 비슷비슷했다. 우선 머지않아 돌아가리라고 생각했고 날마다 채찍질이 난무하는 중노동에 휘말렸다. 그렇게 정신없이 보낸 세월이 2년이었다.

계약 기간 2년이 끝나면서 그들은 고향에 돌아갈 수 있게 되었다. 그러나 바다를 건너온 뱃삯을 갚았을 뿐 바다를 건너갈 뱃삯을 모은 사람은 없었다. 그들은 뱃삯을 벌기 위해 다시 중노동을 할 수밖에 없었다. 집에 소식을 전해야 한다고 생각했지만 다들 글을 쓸 줄 몰랐다. 글을 쓰는 사람을 찾자면 일삼아 교회까지

가야 했다. 교회를 찾아가는 것도 망설여지는 데다 그렇게 신세를 지면 그다음부터 교회에 나다녀야 한다고 했다. 그들은 그 짐스러움을 당하고 싶어 하지 않았다.

"에이, 무소식이 희소식이지 뭐."

그들은 그런 말로 서로를 위로했다.

다시 2년이 흘렀을 무렵, 장인환 사건이 터졌다. 조선을 빼앗으려는 왜놈들을 거든 미국 사람을 쏘아 죽인 그 사건은 그들이 미국 땅에서 당한 온갖 고통과 서러움이 다 풀리는 것 같은 통쾌함을 맛보게 했다. 그의 재판비용을 대기 위한 대대적인 모금 운동이 벌어졌고 자그마치 7천 달러가 넘게 모였다.

다시 2년 가까이 일을 해서 목돈이 되어 가고 있었다. 그런데 나라를 완전히 빼앗겼다는 소식이 들려왔다. 그들은 절망했다. 너나없이 술을 부쩍 많이 마셨고 노름도 심해졌다.

빼앗긴 나라를 되찾자!

국민회가 다시 나서서 소리 높이 외쳤다. 농장마다 군사훈련이 실시되었다. 그리고 새로운 모금 운동이 일어났다. 고향으로 돌아갈 바닷길은 다시 멀어진 셈이었다. 그러나 그들의 마음에는 새로운 고향길이 열려 있었다. 군사훈련을 받고 만주로 가서 압록강, 두만강을 넘어 왜놈들을 무찌른다는 것이었다. 그들은 그날이 오기를 기다리며 낮에는 일을 하고 밤에는 군사훈련을 받았다.

　목총을 들고 하는 군사훈련이 몸에 익어 가고, 속주머니에 돈
이 조금씩 불어나는가 싶더니 또 2년 세월이 후딱 지나갔다. 모
두 8년 세월이었다. 그런데 그 2년 동안 모은 돈은 그다지 많지
않았다. 국민회에 돈 낼 일이 자주 생긴 탓이었다. 사진결혼을 하

려고 태평양을 건너온 처녀들의 입을 통해 그들은 의병들이 일본 군에게 얼마나 참혹하게 죽어 갔는지 알게 되었고, 토지조사사업 으로 얼마나 많은 사람들이 농토를 빼앗기고 거지 신세가 되었는 지도 알았다. 그 이야기들을 듣고 그들은 분풀이하듯 국민회에 기부금을 냈다.

"나보다 먼저 와 앉아 있는 화상이 누구라고? 잘 잤능가?"

남용석이 뒷간으로 들어서며 인사했다.

"자네 말녀를 어쩔 참이여?"

방영근은 불쑥 대질렀다.

"말녀를 나보고 어쩌라고?"

"그 가시네를 데리고 살든지 딴 데로 보내든지 혀야지 언제까 지 탱탱 놀림서 아까운 밥만 축낼라고 헝가?"

"이 사람아, 어째 나보고 그려?"

"저 가시네를 데리고 오자고 헌 것이 누군디?"

"어어, 사람 잡네, 자네가 먼저 불쌍허다고 혔제 나가 언제 그렸 어?"

남용석은 능청스러운 웃음을 흘리며 반 칸막이 너머로 방영근 을 빤히 보았다.

"요런 능구렝이, 나는 그리 똑똑헌 여자 싫은게 자네가 구워 먹 든 삶아 먹든 알아서 혀."

방영근은 바지를 치켜올리며 일어섰다.

"허참 그 사람, 200달러 아끼고 저절로 굴러 들어온 신붓감을 마다허네. 내가 100달러에 어디다 팔아먹어도 속 쓰려허지 말드라고?"

남용석이 능글능글하게 말했다. 그가 말하는 200달러는 사진결혼에 드는 비용이었다.

방영근은 밝아 오는 동쪽 하늘을 바라보며 자신의 나이가 어느덧 서른이 꽉 찬 것을 되짚고 있었다. 사진결혼 때문에 바다를 건너오는 처녀들에게 고국 소식을 들으며 보낸 2년 세월이 그나마 실속 있었다. 파인애플 농장에서 일하게 된 때문이었다.

파인애플은 하와이 여러 섬에 새로 시작된 농사였다. 농장주들이 사탕수수보다 수익이 좋은 파인애플 재배에 열을 올리게 되면서 일 잘하는 조선 노동자를 서로 먼저 구하려 했다. 그러면서 고용조건도 달라져 소출량에 따라 임금을 받게 되었다.

조선 노동자들은 가까운 사람끼리 조를 짜서 파인애플 농장으로 옮겨 갔다. 루나의 감시도 없고, 판자 칸막이일망정 독방에서 생활하게 된 그들은 비로소 사람처럼 살게 되었다. 방영근네 작업조 20명도 그렇게 파인애플 농사를 하게 되었다.

수입이 좋아지자 사진결혼이 활기를 띠었다. 국민회와 교회에서도 사진결혼을 적극 권했다. 결혼하지 않은 젊은 사람들이 방

탕하게 생활하는 것을 막고, 조선 동포 사회를 안정되게 형성하자는 것이었다. 그 최종 목적은 독립군 기지의 구축이었다. 국민회는 이미 오래전부터 만주와 연해주에 독립운동 조직을 만들어 놓고 있었다.

"그나저나 열흘이 다 돼 가는디, 저것 골칫덩어리시."

뒷간에서 나온 남용석이 말녀를 바라보며 말했다.

"어찌 되겠제. 가세, 밥 다 됐을 것인디."

방영근이 어찌 될 거라고 한 말은 그저 막연한 소리가 아니었다. 며칠 안으로 말녀와 남용석이를 부부로 맺어 줄 작정이었다.

얼마 전, 방영근은 남용석과 함께 술에 취해 야자수 길을 걷고 있었다. 그런데 어디서 숨넘어가는 여자의 울부짖음이 들려왔다.

"아이고, 잘못했어요, 잘못했어요. 살려 줘요."

"엉? 저것이 조선 여자 소리 아니라고!"

방영근과 남용석은 노래를 뚝 그치며 그 자리에 멈춰 섰다.

"아야야야, 살려 줘요, 잘못했어요."

한 여자가 남자에게 머리채를 잡혀 휘둘리고 있었다. 치마저고리를 입은 여자의 머리끝에 빨간 댕기가 선명했다. 남자의 화난 외침은 일본말이었다.

"왜놈이 어째 조선 여자를 패고 저래?"

남용석이 눈을 사납게 부릅떴다.

"안 되겠네, 가 보세."

방영근이 침을 내뱉었다.

밤이 늦어서인지 길거리에는 사람들이 드물었다. 여자가 주먹질을 당하고 있는 조그만 가게 앞에도 다른 사람은 없었다.

"어째 조선 여자를 패고 이려, 이거!"

남용석이 버럭 소리 지르며 주먹질하는 남자 앞으로 나섰다.

"어머 아저씨들, 나 좀 살려 주세요, 살려 주세요."

그들이 조선 사람인 것을 알아본 여자가 황급히 소리쳤다.

주먹질하던 남자가 뭐라고 큰 소리로 말했지만 일본말이라 알아들을 수가 없었다.

"어째서 맞고 있소?"

남용석이 자신의 옆으로 바짝 붙어 서서 떨고 있는 여자에게 물었다.

"너무 배가 고파서 떡을 하나 훔치다가……."

처녀는 주르륵 흘러내리는 눈물을 손등으로 훔쳤다. 처녀가 떡이라고 한 것은 빵이었다.

"허어 참, 사진결혼헐라고 온 색시인가 본디, 서방은 어쩌고 도적질이다요?"

남용석이 어처구니없어하며 헛웃음을 쳤다.

"꼬박 이틀을 굶어서…… 아무리 참을래도 참을 수가 없어서……"

처녀는 얼굴을 감싸며 울음을 터뜨렸다. 가게 주인인 일본 남자는 뭐라고 떠들어 대더니 전화통 손잡이를 잡았다. 경찰서로 연락하려는 것이었다.

"헤이, 완 딸라!"

남용석은 1달러짜리 종이돈을 가게 주인 앞에 흔들어 보이며 사정했다.

방영근은 놀랐다. 술기운인지 어쩐지 남용석은 영어가 술술 잘도 나오는 데다, 너무 큰돈을 내밀고 흥정을 벌이고 있었다. 그러나 경찰서로 끌려가는 것을 막자면 한 개에 이삼 센트밖에 안 하는 빵 값을 1달러라도 내는 도리밖에 없었다.

"노오오, 노오!"

일본 남자는 완강하게 고개를 저으며 돌아섰다.

"야 이 새끼야, 대갈통이 반으로 짝 갈라져야 정신 차리겠나!"

남용석이 일본 남자의 멱살을 틀어잡고 곧 박치기를 해 버릴 기세였다.

"어이, 참소 참어. 그놈 박아 불면 우리 신세 끝장이여."

방영근은 허둥지둥 남용석을 붙들었다.

"냅둬, 요런 놈은 쓴맛을 봬야 혀."

남용석이 방영근을 뿌리치려 했다.

"요놈 겁먹은 낯짝 보소. 자네가 물러서면 내가 알아서 허겄네."

정말 일본 남자는 겁에 질려 있었다. 조선 사람의 박치기는 무섭기로 널리 소문나 있었다.

"헤이, 쏘리, 쏘리, 아이 엠 쏘리."

방영근은 웃는 얼굴로 돈을 일본 남자의 손에 쥐여 주며 어깨를 다독거렸다.

"예스, 예스, 땡큐."

일본 남자는 언제 전화를 걸려고 했느냐 싶게 나긋나긋해져 허리까지 굽실거렸다.

세 사람은 한참을 말없이 걸었다. 처녀가 가끔 떨리는 소리로 울음을 추스르고는 했다. 어느 가게 앞에 이르러 남용석이 불쑥 말했다.

"자네, 먹을 것 좀 사소. 이 색시 뱃가죽 등에 붙게 생겼응게."

"이, 훔친 것 먹어 보도 못허고 당허기만 했을 것잉게."

방영근은 가게로 다녀왔고, 그들은 가까운 해변가로 가서 자리 잡았다.

"배고픈디 얼른 먹으씨요."

방영근은 처녀에게 봉지를 내밀었다.

"고, 고마워요……."

"고마울 것 없소, 같은 동포라서 그런 것잉게."

남용석은 퉁명스레 말하고는, "대체 무슨 일로 이틀씩이나 굶고 그런 꼴을 당허요?" 하고 처녀 쪽으로 고개를 돌렸다.

처녀는 먹다 만 빵을 손에 든 채 머뭇거리며 눈치를 보았다.

"예…… 저는 집이 황해도 해주고, 일남오녀 중에 넷째 딸로 이름이 김말녀입니다. 나이는 열아홉이구요. 소학교는 해주에서 다녔고 중학교는 외삼촌이 사는 인천에서 다녔습니다. 그 뒤에는 일본 병원에 취직해서 간호원 노릇을 하면서 밤에 자주 활동사진을 보러 다녔어요. 활동사진에서 미국 사람들이 신식으로 사는 게 너무 좋아 보여 저도 그렇게 살아 보고 싶었어요. 그래서 미국 목사님이 영어를 가르쳐 주는 예배당을 다녔어요. 그런데 몇 달이 지나 목사님이 사진결혼을 해 보라고 권하는 거예요. 그래서 사진을 하나 골라 집으로 가지고 갔지요. 아버지는 안 된다고 하셨지만 어머니를 졸라 겨우 아버지 도장을 받았어요. 배를 타고 고생고생해서 하와이에 내렸는데 저를 마중 나온 사람은 사진 속의 사람이 아니라 엉뚱한 노인네였어요. 늙긴 했어도 사진 속 그 사람하고 닮은 데가 있어서 그 사람 아버지구나 했어요. 그런데 집에 가서 보니까 그 늙은이가 바로 그 사람인 거예요. 나이가 서른아홉이라는데, 우리 아버지가 마흔하나예요. 그때서야 속은 걸 알았지요. 그런 늙은이하고 사느니 차라리 죽는

게 낫다 싶어서 도망 나왔는데 집으로 돌아갈 길은 막막하고, 배는 고프고……."

처녀는 훌쩍거리며 울었다.

남용석이 담배에 불을 붙이며 입을 열었다.

"색시가 도로 집으로 가려 해도 돈벌이를 해야 헐 것인디, 우리를 따라서 농장으로 가든지, 아니면 여기서 작별을 혀야겄소. 어쩔 것이여?"

"아니에요, 따라가겠어요."

처녀는 먼저 몸을 일으켰다.

농장으로 온 말녀는 여자들과 금세 친해졌다. 말녀는 곧 왜 사진과 실물이 그토록 다른지 알게 되었다.

노동자들은 사진관에 들어갈 때 부스스한 머리칼에 허름한 노동복 차림이었다. 그런데 사진에는 기름기 자르르 흐르는 머리에 검정 양복을 입은 어엿한 신사로 둔갑해 있었다. 사진사가 요술이나 신통술을 부린 것이 아니었다. 사진관에서 머릿기름을 발라 빗질을 해 주고, 양복을 빌려 준 것이었다.

게다가 사진사가 뾰족하게 깎은 연필심으로 필름을 수정해서 억센 사탕수수 잎이나 날카로운 파인애플 가시에 긁히고 찔려서 생긴 흉터와 주름살까지 말끔히 없애 버렸다.

뒤늦게 그런 곡절을 알게 된 말녀는 자신이 덤벙대다가 빠진 허

방이 너무 깊은 것을 느끼며 밤새도록 울었다.

말녀는 그날 아침부터 밥하는 일을 거들었다.

아침밥을 먹고 나서 모두 한자리에 모였다. 다시 하루 일이 시작되는 것이었다.

"오늘 밤에 서쪽 밭 파인애플 따는 거 알지러? 오늘도 그리그리 잘들 허입시더."

나이가 가장 많아 조장을 떠맡고 있는 구상배가 투박하게 말했다. 나이가 서른아홉인 그는 재작년에 사진결혼을 했다. 그의 아내는 이제 스물인데, 열여덟에 하와이 땅을 밟은 그 여자는 마산이 고향이었다. 그 처녀도 사진과 달리 늙어 빠진 신랑감을 보고는 질겁을 해서 도로 집으로 돌아가겠다고 소동을 부렸다.

"이놈의 가스나, 팍 쌔래 뭉카뿌까!"

늙은 신랑감 구상배는 처녀를 정말 뭉개 버릴 것처럼 눈에 불을 켰다. 겁이 난 처녀는 주저앉았고, 그나마. 같은 경상도 사람이라 정을 붙여 보기로 했다는 것이었다. 구상배야말로 장가들 욕심에 6년 전 사진을 떡하니 보낸 사람이었다.

그들은 일터로 걷기 시작했다. 방영근은 구상배 옆으로 다가갔다.

"성님이 나서서 용석이허고 말녀를 맺어 주면 좋겄소. 서로 좋아허는 눈친디 즈그가 나서지는 못허고 있구만이라."

방영근은 빠르게 남용석이 쪽을 살피고 나서 나직하게 말했다.

"허, 서로 맘에 있다카면 오늘 당장 해치울 끼다. 술이나 톡톡히 내라."

구상배는 시원한 대답 그대로 해가 지기 전에 일을 마무리 지었고 저녁밥을 먹기 직전에 모두에게 그 사실을 알렸다. 사람들은 손뼉을 치며 축하를 보냈다.

"자네헌티 고맙기도 허고 미안스럽기도 허고……."

밤일을 나서는 길에 남용석이 어색스럽게 웃으며 뒷머리를 긁적였다.

"별소리 다 허네. 다 하늘이 점지헌 것잉게 아들딸 많이 낳고 잘살어야 혀."

"글쎄…… 나는 무식허고 여자는 유식허고…… 껄쩍찌근형마……."

"지가 유식허면 얼마나 유식허겄어? 여자야 다 남자가 잡기에 달렸응게 꽉 틀어잡소."

방영근은 코웃음까지 치며 손아귀를 쥐어 보였다. 그러나 자신도 그 대목이 꺼림칙했다.

남용석과 말녀는 며칠 뒤 일요일에 혼례를 올렸다. 말녀는 교회에서 풍금 울리며 신식 예복을 입고 하는 혼인식을 원했다. 그러나 도망 온 처지에 남들 눈에 띄었다가 혹시 무슨 말썽이 벌어질지도 모른다는 의견에 그냥 농장에서 조촐하게 치렀다.

혼례를 치르고 얼마 지나지 않아 말녀는 여자들에게 따돌림을 당하기 시작했다. 말녀는 다른 여자들과 달리 농장에 일을 나오지 않았던 것이다.

"나 참, 환장헐 일이시, 저 잡것이 농장일은 죽어도 못허겄다니 어째야 쓰겄능가?"

방영근을 찾아온 남용석이 화난 얼굴로 한숨을 토했다.

"……너무 잡치지 말고 쬐께 더 있어 보소. 맘이 바뀔지도 모릉게."

"바뀔 맘이 아니여. 그 잘난 것이 국민회나 교회 겉은 데서 붓 놀리면서 돈벌이허겄다고 헌단 말이시. 쬐께 배운 티를 그리 내능마, 차암!"

남용석은 기가 찬다는 듯 헛웃음을 토했다.

방영근도 코웃음이 나오려는 것을 누르며, "그런 일자리만 생긴 다면 나쁠 것 없제. 농장일에 처박히기는 배운 것이 아깝기도 허고, 농사일을 안 해 봤웅게 겁도 나지 않겄어? 너무 욱대기지 말고 좀 두고 보세." 하며 좋은 쪽으로 이야기를 돌리려 애썼다.

"그래도 될라능가……?"

"걱정 마소. 내가 옆에서 거듬세."

방영근은 웃으며 남용석의 어깨를 두들겼다.

방영근은 의외로 쉽게 마음을 푸는 남용석을 보며 그가 아내를 사랑하고 있다는 것을 알 수 있었다. 그렇다 해도 방영근은 무언가 께름칙한 느낌을 떨칠 수는 없었다.

다른 일 때문에 방영근은 말녀 일을 금세 잊어버렸다. 하와이 조선 사람들의 관심이 집중된 그 일은 국민군단 창설이었다.

국민회에서 독립군 부대를 정식으로 발족시킨다는 말은 진작부터 있었다. 그동안 사람들은 회비와 기부금을 꾸준히 내 왔고, 국민회에서 그 준비를 계속해 왔던 것이다.

국민군단은 마침내 6월 10일 정식으로 창설되었다. 공식 명칭은 대조선국민군단이었다.

그날 수많은 조선 사람들은 국민군단 창설식이 열리는 호놀룰루 서북쪽 콜라우 산봉우리 아래 마후마누 파인애플 농장으로 모여들었다. 병영과 훈련장이 들어설 그 파인애플 농장은 국민회 소유였다. 그동안 조선 노동자들이 낸 돈으로 사들인 것임은 더 말할 것이 없었다.

국민군단을 이끄는 박용만의 연설이 시작되었다.

"친애하는 동포 여러분!

우리는 대조선국민군단을 창설하기 위해 모였습니다. 대조선국민군단은 왜놈들에게 빼앗긴 나라를 되찾기 위해 군인을 양성하고, 왜놈들을 무찌를 전투의 선봉에 나설 것입니다.

대조선국민군단은 이 자리에 참석하신 여러분과 하와이의 여러 섬에 살고 계신 6천여 동포들의 거룩한 마음과 뜻이 모여 창설되었습니다. 여러분께서 희사하신 돈은 그저 돈이 아니라 여러분들의 피요 살이요 눈물인 것을 우리는 알고 있습니다. 빼앗긴 나라를 되찾겠다는 거룩한 뜻으로 이런 장한 일을 해내신 여러분께서는 모두가 장인환 선생이나 안중근 선생의 뒤를 잇는 애국자이고 구국 투사입니다. 나라를 팔아먹은 을사오적이나, 지금도 왜놈들 앞잡이 노릇을 하며 호의호식하는 친일 역도들에 비하면 여러분들은 얼마나 장한 애국자이며, 얼마나 당당한 구국 투사입니까?

만장하신 동포 여러분!

우리는 힘이 약해서 왜놈들에게 나라를 강탈당했습니다. 그럼 강도 왜놈들한테서 나라를 되찾으려면 어찌해야 합니까? 그것은 왜놈들을 조선 땅에서 몰아낼 군대를 갖추는 길뿐입니다. 그래서 우리는 대조선국민군단을 창설했습니다. 우리 국민군단은 막강한 군대가 되어 만주로 건너갈 것입니다. 그리고 만주에서 더 많은 부대와 힘을 합쳐 압록강, 두만강을 건너 왜놈들을 무찌를 것입니다.

지금 조선 땅에서는 약간의 의병이 평안도에서 왜놈들과 싸우고 있습니다. 그리고 홍범도 부대가 만주 땅에서 두만강을 넘나들며 왜놈들과 전투를 벌이고 있습니다. 또한 만주와 연해주에는 작은 규모의 무관학교가 몇 개 생겼습니다. 그러나 많은 동포들이 돈을 모아 군단을 창설한 것은 우리가 최초입니다. 이 얼마나 자랑스럽습니까? 여러분들의 장한 뜻은 길이길이 빛날 것입니다."

박력 있고 격정에 넘치는 연설이었다. 발 디딜 틈이 없이 식장을 가득 메운 사람들이 우레같이 박수를 쳤다. 하나같이 비장한 얼굴들이었다.

오오 우리의 대한국민군
소년 자제 건장한 대한 건아들
모두 나와 한목소리로
대한국민군 군가 부르자

산 넘어 물 건너
백만 적군 한칼로 후려쳐서
승리하고 드높이 외치자
대한국민군 군가 부르자

부르자 국민군 군가
드높이 외치자 건아의 목소리를
잠든 자 깨어나고 죽은 자 일어나도록
우리 모두 국민군 군가 부르자

훈련병들이 힘차게 부른 국민군단 군가였다. 나팔 12개와 드럼 7개가 장단을 맞추어 군가는 더욱 감동적으로 사람들의 가슴을 울렸다.

국민군단의 창설은 국민회의 지원 아래 박용만이 주도했다. 네브래스카 대학에서 군사학을 전공한 박용만은 2년 전에 하와이로 옮겨와 국민회 기관지 《신한국보》의 주필을 맡으면서 나라를 되찾기 위해서는 무장투쟁을 전개해야 한다고 역설해 왔다. 국민군단의 창설은 바로 그 무장투쟁론의 첫 단계 실현이었다.

열여덟에서 스물두 살까지로 제한된 국민군단의 신병은 130명이었다. 그들은 모두 어린 나이에 부모를 따라 하와이로 건너와 자라난 젊은이들이었다.

원래 미국에서는 외국인의 군사훈련이나 군사 활동이 금지되어 있었다. 그러나 하와이 군사령부에서는 국민군단의 창설을 눈감아 주었다. 그건 국민회의 교섭 능력만이 아니라 조선인 노동자들이 각 농장에서 발휘하고 있는 노동능력 때문이기도 했다. 그리고 지난해에 미국 국무장관 브라이언이 발표한 성명서와도 무관하지 않았다.

'조선인은 어느 점에서도 일본인이 아니라고 확신하는 바이다. 따라서 조선인 사건이 발생하면 조선인 단체와 교섭할 것이며 일본인의 간여를 허가하지 않을 것이다.'

미국 국무장관이 굳이 이런 성명을 발표한 데에는 그 계기가 된 사건이 있었다.

작년 6월, 캘리포니아에 있는 헬미트 과수원에서는 자두 따는 노동자를 모집했다. 그 광고를 보고 조선인 노동자 11명이 기차를 탔다. 그런데 기차역에 내리자마자 백인 노동자들이 시비를 걸어왔다. 냄새나는 난쟁이 노란둥이 놈들은 당장 없어지라는 것이었다. 시비가 커지는 것을 막으려고 농장 주인은 차비를 물어 주었고 그들은 발길을 돌릴 수밖에 없었다.

며칠이 지나 양복을 빼입은 로스앤젤레스 일본 영사관의 직원 두 명이 그들을 찾아왔다.

"우리 일본 사람이 인종차별 때문에 취직을 못한 것을 영사관에서는 중대 사건으로 보고 있습니다. 우리 영사관에서 법적 조치를 취해 여러분의 손해를 보상받아 줄까 합니다."

친절이 넘치는 두 남자의 말이었다.

조선 노동자 중에서 영어를 잘하는 최순성은 두 남자가 왜 그런 친절을 베푸는지 바로 간파했다. 자신들이 조선 사람인 줄 뻔히 알면서도 그들은 '우리 일본 사람'이라고 했던 것이다.

"도대체 무슨 말인지 모르겠소. 우린 일본 사람이 아니라 조선 사람이고, 왕복 기차 요금을 받았으니 손해 본 것도 없소."

최순성은 그들의 의도를 꼬집고는 고개를 돌려 버렸다.

두 영사관 직원은 돌아갔지만 일본 영사관에서는 그 일을 자기네 신문에 크게 보도했다. 뿐만 아니라 미국과 일본의 통상조약

위반이라는 거창한 이유를 붙여 미 국무성에 항의 각서를 띄웠다.

샌프란시스코 국민회는 곧바로 그 사건에 뛰어들었다.

'일본 영사관이 미국 정부에 강력히 항의하고 있으나 그것은 결코 우리가 원하지 않는 협조이며, 일본 영사관에서 미국에 거주하는 조선인들에게까지 보호책을 쓰려고 함인데 그것은 말이 안 됩니다. 우리는 한일합방이 되기 전 대한제국 국적으로 미국에 왔으므로 절대로 일본 국민이 아닙니다. 그러므로 우리는 일본 영사관이 조선인 문제로 미 국무성과 교섭하는 것을 인정할 수 없고, 또한 미국 정부에서 그 사건을 조사하는 것도 원치 않습니다.'

샌프란시스코 국민회에서 미 국무장관 앞으로 보낸 공문이었다. 뒤이어 미국 땅에서조차 조선 사람을 지배하려 드는 일본의 보호정책을 부정하는 미 국무장관의 성명서가 발표되었던 것이다.

국민군단의 창설은 동포들을 더욱 단단하게 뭉치게 했을 뿐만 아니라 다른 나라 사람들에게도 조선 사람의 힘을 보여 주었다.

조선 사람들은 드높이 솟은 콜라우 산봉우리를 새로운 마음으로 바라보았다. 푸르스름한 빛깔에 감싸여 신령스럽게 느껴지는 그 봉우리 아래서 조선의 장정들이 밤낮없이 훈련을 받고 있었던 것이다. 사람들은 훈련병들을 자랑스러워하며 '산 너머 총각들'이라고 불렀다.

그 산줄기 아래서 날마다 아침 6시면 젊은이들의 우렁찬 노래가 울려 퍼졌다.

〈5권에 계속〉

조정래 대하소설

아리랑

[제2부 민족혼]

주요 인물 소개
소설에 담긴 역사 속 주요 사건

주요 인물 소개

송수익

사랑방 모퉁이에 서당을 차려 동네 아이들을 가르쳤으나 일본이 정책을 바꾸어 그마저도 하지 못하고 뒤숭숭한 마음에 신문을 읽으며 세상의 변화를 살피던 중 나라를 빼앗긴 울분에 의병을 일으켜 싸우다 일본군의 포위망이 좁혀 오자 만주로 이동한다.

지상출

송수익과 함께 의병으로 활동하는 평민으로 신분을 뛰어넘어 모든 사람을 공평하게 대하는 송수익을 존경하고 따른다.

장칠문

아버지 장덕풍과 함께 친일의 길을 비판 없이 걷는 청년으로, 우연한 기회에 의병을 잡아 정식 일본 경찰이 된다.

쓰지무라

일본 영사관 서기로 하야가와와 합심해 백종두를 일진회 회장 자리에 앉히고 친일 단체의 뒤를 봐 준다.

백종두

고을의 이방으로 일하다 일본인들의 환심을 사 일진회 회장으로 추대되고 명예를 위해 온갖 악행도 마다하지 않는 인물이다. 양반 지주들을 불러 모아 토지조사위원회를 구성하는 지주총대를 뽑는다.

이동만

일본인 농장주 요시다에게 신용을 얻어 재산을 늘리고 신분을 격상시키는 데 몰두하며 시대의 변화에 민감하게 대응한다.

차득보

토지조사사업을 반대하던 아버지가 총살당하고 어머니마저 돌아가시면서 동생 옥녀와 함께 거지가 된다. 소리를 잘하는 동생이 주막집 주인의 눈에 띄어 몰래 팔려 가자 동생을 찾아 떠돈다.

정도규

큰형 정재규와 작은형 정상규의 재산 다툼을 해결하고, 물려받은 재산으로 동네 사람들을 보살피며 뒷날을 도모한다.

방보름

하와이 사탕수수 농장으로 일하러 떠난 방영근의 여동생이다. 의병으로 나간 남편이 죽고 시아버지와 아들을 부양하던 중 시아버지마저 병으로 세상을 떠나자, 어머니 감골댁과 동생 방대근을 찾아 고향으로 돌아온다.

방수국

방영근, 방보름에 이은 감골댁의 셋째 딸. 수국 꽃처럼 복스럽고 우아한 데다 눈이 번쩍 뜨일 정도의 미모로 남자들의 눈길을 사로잡는다.

양치성

아버지가 병으로 세상을 떠난 후 동생들을 부양하기 위해 구걸하다가 우체국장 하야가와의 눈에 띄어 일본 유학을 다녀온 후 정보 요원으로 일한다.

소설에 담긴 역사 속 주요 사건 : 1910~1920년

토지조사사업

1910년부터 1918년까지 일제가 한국에서 식민지적 토지 제도를 확립할 목적으로 실시한 대규모 조사사업이다. 총독부 소유의 땅을 최대화하고, 세금 징수와 한국 땅에 대한 치밀한 측량을 통하여 정치·경제·군사를 완전히 장악하고, 양반의 재산을 보호하여 친일 세력을 만들고자 하였다.

대한광복단

1913년 경상북도 풍기에서 조직된 비밀 결사에 의한 독립운동 단체이다. 장교 출신을 중심으로, 유림, 계몽운동가 등 여러 계층의 인물이 모여, 군자금 모집, 반역자 응징, 일제 관헌 기관 습격 등의 활동을 벌였다.

역둔토특별처분령

1913년 10월 29일, 총독부는 무력을 앞세워 국유지로 편입시킨 조선 사람들의 역토(자갈 많은 땅)나 둔토(군량미를 얻기 위한 땅)를 일본 이주민들에게 우선 대여해 주는 특혜법령을 발표했다.

국민군단 창설

1914년 6월 10일 하와이에 창설한 항일 군사 교육 단체로, 공식 명칭은 '대조선국민군단'이다. 박용만의 주도로 창설되었으며, 항일 무력 투쟁에 대비한 군대 양성이 목적이었다.

독립운동가 박용만과 이승만의 분열

미주에서 활동한 대표적인 독립운동가인 박용만과 이승만이 대립한 사건이다. 두 사람은 원래 사상적 동지였으나, 박용만이 무장 투쟁론을, 이승만이 외교 교섭론을 주장하면서 견해 차이를 보였고, 1914년 둘은 정적으로 갈라섰다.

종교통제안

종교 단체의 활동을 조사·정리하여 법규로 규정함으로써 종교를 식민 통치에 맞게 길들이고자 한 정책 중 하나이다. 이 일환으로 사찰령 공포, 성균관 폐지, 개신교 지도자 탄압 등의 조치가 이루어졌다.

조선물산공진회

1915년 9월 11일부터 10월 30일까지 일제가 경복궁에서 전국의 물품을 수집·전시한 박람회이다. 식민 통치의 정당성과 업적 과시는 물론 계몽과 선전이 목적이었다.

서당규칙

민족 의식과 애국심 고취에 중요한 역할을 담

당하던 서당을 탄압할 목적으로 제정한 법령이다. 서당 개설은 도지사의 인가를 받도록 하였으며, 교과서도 총독부 편찬본만을 사용하도록 하였다.

한인청년단
1918년 러시아 블라디보스토크에서 조직된 민족주의 단체이다. 망명객 최대일의 주도로 조직되어 150명 정도의 회원이 있었고, 한국의 독립을 위해 민족주의자들의 단결을 유도하고자 하였다.

민족자결주의
한 민족이 그들 국가의 독립 문제를 다른 민족이나 국가의 간섭을 받지 않고 스스로 결정짓게 하자는 원칙이다. 1919년 파리 강화회의에서 미국 대통령 윌슨이 제창한 14개조의 평화 원칙 중 하나이다.

3·1운동
1919년 3월 1일을 기점으로 일제에 저항하여 지식인, 학생, 노동자, 농민, 상공인 등 전 민족적으로 일어난 항일 독립운동으로 일제강점기의 민족 운동 중 최대 규모였다.

경신참변
1920년 일본군이 만주를 침략해 독립군을 토벌한다는 명목으로 무고한 한국인을 대량으로 학살한 사건이다. '간도참변', '경신간도학살'사건이라고도 한다.

소비에트공화국 수립
1922년 12월 30일 러시아를 비롯하여 4개의 소비에트사회주의공화국 사이에 연방 조약을 체결하여 '소비에트사회주의공화국연방', 약칭 '소련'이 탄생되었다.

조정래 대하소설

아리랑 청소년판 4

초판 1쇄 2015년 6월 15일

원작 | 조정래
엮음 | 조호상
그림 | 백남원
발행인 | 송영석

펴낸곳 | (株)해냄출판사
등록번호 | 제10-229호
등록일자 | 1988년 5월 11일(설립일자 | 1983년 6월 24일)

121-893 서울시 마포구 잔다리로 30 해냄빌딩 5·6층
대표전화 | 326-1600 **팩스** | 326-1624
홈페이지 | www.hainaim.com

ISBN 978-89-6574-514-3
ISBN 978-89-6574-510-5(세트)

이 도서의 국립중앙도서관 출판예정도서목록(CIP)은 서지정보유통지원시스템 홈페이지(http://seoji.nl.go.kr)와
국가자료공동목록시스템(http://www.nl.go.kr/kolisnet)에서 이용하실 수 있습니다.(CIP제어번호: CIP2015014280)